U0594985

都市杂识

申晓力 /著

时代文艺出版社

图书在版编目（CIP）数据

都市杂识／申晓力著．—长春：时代文艺出版社，2017.7（2021.5重印）

ISBN 978-7-5387-5427-8

Ⅰ．①都… Ⅱ．①申… Ⅲ．①杂文集－中国－当代 Ⅳ．①I267.1

中国版本图书馆CIP数据核字（2017）第100241号

出 品 人　陈　琛
责任编辑　杜佳钰
插　　画　勾　犇
　　　　　鲁　嘉
装帧设计　陈　阳
排版制作　隋淑凤

本书著作权、版式和装帧设计受国际版权公约和中华人民共和国著作权法保护
本书所有文字、图片和示意图等专有使用权为时代文艺出版社所有
未事先获得时代文艺出版社许可
本书的任何部分不得以图表、电子、影印、缩拍、录音和其他任何手段
进行复制和转载，违者必究

都市杂识

申晓力 著

出版发行／时代文艺出版社
地址／长春市福祉大路5788号　龙腾国际大厦A座15层　邮编／130118
总编办／0431-81629751　发行部／0431-81629755
官方微博／weibo.com／tlapress　天猫旗舰店／sdwycbsgf.tmall.com
印刷／保定市铭泰达印刷有限公司
开本／660mm×940mm　1／16　字数／176千字　印张／12.5
版次／2017年7月第1版　印次／2021年5月第2次印刷　定价／39.80元

图书如有印装错误　请寄回印厂调换

寻找映照都市灵魂的镜子

在秋风盛行的街角，

我听得见花的叹息……

——申晓力

"人们来到城市是为了生活，人们居住在城市是为了生活得更好。"亚里士多德这样告诉我们。

从古代到现代，城市生活一直以自己无可抵挡的巨大的向心力，把人们吸附在自己的身边，形成了一个又一个庞大而芜杂的城市生态圈。

生活在这些城市里的人们，到底有着怎样的生活，这些城市，又有着怎样的精神面貌，不少小说诗歌散文从不同角度感性地给我们呈现了个性化的城市生活。

三年前，我的同行前辈老大哥申晓力兄，放弃了自己在纪录片行业的辉煌声誉，转身到一个陌生的领域，受命做一本叫《凤凰都市》的杂志，以"发现城市价值"为宗旨，来描摹中国的各色城市，寻找城市生活隐秘的精神世界。

在这三年中，晓力兄除了操盘杂志运营外，每期还为杂志撰写卷首语。这些卷首语，多从晓力兄个人生活的观察发现起，而立足于都市生活，最后回归到对都市生活的个人思考上。

这些文字，围绕对于城市生活的挖掘，内容驳杂而不乱，无论是关于煤与城市的记忆，杂物间挤着读书的往事，还是祖辈捡破烂的辛酸，城中村或者街头艺人，抑或是被都市"放逐"的飞禽走兽……这些叙说背后，其实有线索可循，那就是对都市生活里已经或正在被遗忘的生活组成，构成都市生活的一部分角色的命运的叹息。

"我为那些落寞的花草歌唱……"

这种叹息其实是为生活在都市里的我们发出的。因为这些城市细胞命运的崩塌，一方面是对现有都市主人强势的一种隐晦指责，另一方面，谁能说它们的命运就不会落到生活在都市中的人身上呢？

有时感觉我们像显微镜下困顿的虫子。

须知，在动植物的命运上，也能观照人的命运。他人他物的命运，其实就是映照我们的一面镜子。不过，在熙攘忙碌的都市生活中，这面镜子遗失了。从此我们自以为无所不能。

在秋风盛行的街角，

我听得见花的叹息……

　　晓力兄不只是一位影像记录的高手，他更是一位多愁善感的诗人。在这些年操持《凤凰都市》期间，他把纪录片的摄制手法，移植到文字表达中，并以诗人的情怀和敏感，以及纪录片导演的细腻，为我们写下了都市里的失落，都市里的乡愁，都市里的寻访，都市里的渴望，都市里那些只有细细体察才能感受到的命运的跌宕，对都市生活的爱与哀愁，就在晓力兄镜头摇过般的笔下。

　　"这个时代的历史有一大部分都是由失根之人造就而成的"。晓力兄在其中一篇文章中引用了道格·桑德斯在其著作《落脚城市》序中的这句话。

　　或许可以说，晓力兄这些文字，更多是为失根之人写的，也是为我们自己写的，我们不就是都市里的失根者么？

　　这些文字，今天结集成《都市杂识》，书名直白，但这些文字，感性中带着思辨，思辨中渗透着写作者对于生活的温情。

　　在"一个不怎么讲出处，却矫情于讲初心的年代"，晓力兄用自己的文字写下了自己看到的都市生活的细微出处，这些细微之处，其实都是我们都市生活的一面镜子。

朱学东

（注：文中所引文字，除有注明外，皆引自晓力兄新浪博客）

目录

二零一三
2013

读城以心

假如我是一个生活在1013年的人，我的想象只能叹止于孟元老，抑或张择端笔下关于城市无边的繁华。

千年辗转，一梦还乡，若让我来一次穿越，落脚今日中国现场，在任何一座城市的任何一条街道，真实与虚妄、惶恐与错愕，我的迷失当属自然。

问题是即便我们从千年前回归于现代，我们对赖以栖身的城市，又有多少足够的认知与内化的理解？甚至我们是否也一样会陷入与千年前同构意味的迷失？

我没有"假如"的记忆是从20世纪六七十年代开始的。

我出生在东北，一个憋一口气就能跑到头的县城。多少次我将耳朵贴近冰冷的铁轨，试图听见遥远城市的声音。

后来我知道，我出生的那年，麦克卢汉提出了"地球村"的理论。

再后来听说马丁·路德·金在一次经典的演讲中说：1963

不是终结，而是开始。

然而我最真切的记忆却始自长辈们对饥饿与贫困的叹息。

"反城市"的上山下乡运动，成为我对城市与乡村最初的启蒙，我不会忘记那锣鼓喧天中，解放牌大卡车向农村输送的，名叫"知青"的部落。

青春是一指流沙，苍老是一段年华。

记忆的井底掩映着城乡交织的忧伤，那是我堂哥临别送我的红卫兵般红的袖标，伴随堂姐送我的塑料绳织就的透明的绿青蛙……那个年代出生的我们，城市不在想象的疆域。

然而中国，城市的时间开始了。

不记得斯特·格里茨先生因何建树获得了诺贝尔经济学奖，但他那句经典如预言般的话语犹音在耳：中国的城市化和以美国为首的新技术革命将成为影响人类21世纪的两件大事。

但天大的事是人。

是已经或者将要成为城市主体的人。

城市应该重返其真实身份，即经济与社会意义的真实身份。城市需要表达与我们身处的时代相称的市民气质与精神价值。

柯布西耶在《光辉的城市》中以诗人般的文字描绘道：都市的阳光与绿树空间，无论在心理上还是生理上都让人这种生物感觉到深层次的愉悦，只有它们能将人类带回和谐而深邃的自然怀抱，领悟生命本来的意义。

这让我想起一个故事，伦敦有一座上百年历史的儿童医院，医院大楼由四面围合，中央有一个巨大的天井，医院每间病床上的孩子中有许多已经处于告别生命的晚期，医院想给孩子们也许是最后一点慰藉，在挑选保洁公司的时候特别要求那些窗户清洁工打扮成"超人"或是"蜘蛛侠"。孩子们躺在病床上就能看到"超人"或"蜘蛛侠"在窗外游来荡去，孩子们的眼神里充满了神奇，甚至还有美好的幻想，有的孩子也许就以这种幻想，安详地离开了人世……

　　身处web2.0的超文本时代，办杂志，从商业意义上来说已经不是一种机会，而是一种选择，一种对城市品质提升的召唤，一种发现城市价值的使命。我们期待中的城市，绝不是没有家园感的华丽居所，没有精神抚慰的僵硬的街区，那种丧失信念体系的物质生活，不值得过！一个城市应该像一个人，有真爱与责任，更有梦想的分享与召唤的力量，而这一切终将成为我们城市的核心价值。伟大的社会学家罗伯特·以斯拉·帕克认为：城市是一种心灵状态，是一个独特的风俗习惯，是具有思想自由和情感丰富的实体。我们以《点亮城市》向您呈现我们这期创刊号的封面故事，不仅是点亮城市的繁华，更是为了点亮万家灯火，温暖人心！

　　是为卷首，权作顿首。

以城望乡

　　读芒福德的《城市文化》，观点像一条流淌着的河。芒氏在优美的文字涟漪之下，清晰地映现了他宝石般晶莹剔透的理念。在他看来，人类的文明如果一定要浓缩为一两个词去表述，那就是文字与城市。后来我又从那位以文字速记城市的霍华德笔下，理解了城市与乡村的所谓"婚姻关系"以至一直影响到今天的花园城市体系。

　　一位伊斯坦布尔的诗人说，这一生两样东西永志不忘：母亲的面孔和自己生活的城市。但是早年闯深圳的一位湖南诗人却这样写道：这是一座冰冷的城市，听到一句温暖的话，就仿佛听到了一声枪响！前者是言及城市即母体文化的隐喻，后者则道出城市于故乡在温情上的天壤之别。城市的确给了我们太多可以咏叹的潜质，可是一旦"日久他乡即故乡"，随之而来的就是城市之于我们的认同感与归属感问题。以我自己移民深圳的经历来说，到眼下我也很难讲清楚自己是个深圳人呢还是个异乡客，即便我已经在这座城市生活了十五个年头。

　　我想说的是，在中国城市化最为迅疾的今日，每年以千万计的父老乡亲风尘仆仆叩开城门，他们带着梦想准备在陌生的市井安身立命。熟悉的乡音远逝而去，带着泥土芳香的庄稼被汽车尾气熏陶下的摩天楼所代替，城市屋檐下，为稻粱谋的奔波之余，是他们对现实的无奈与无尽的乡愁。巨大的社会流动性，汇聚了巨大的社会财富，然而城市却在自然环境的维系、道德秩序与不同人群相调和的能力中失衡。

　　一个思考中的城市比一个亢奋中的城市更有力量！

　　城市不仅仅是一个赚钱的地方，社会转型期带来的物质生活，不应以牺牲人的精神价值为代价。在宜业与宜居的城市里，城市居民应该如苏格拉底所说，成为知识的主要源泉。城市的发明是为了保护人的，城市是为了组织协调人和人的关系而存在的，城市因人而凝聚产生的活力与多元文化共生的城市精神，展现了一个城市的开放与文化的融合魅力。一个城市还要有以平等的经济活动为基础的、适合市民健康成长发育的温度。适宜生灵的栖居之所，本该传递对生命的体察关怀与心灵的抚慰。一个伟大的城市所依靠的是城市居民对他们的城市所产生的那份特殊的深深眷恋，一份让这个地方有别于其他地方的独特感情，由此而生的认同感与归属意识将城市居民凝聚在一起。

　　在我所居住的城市深圳，有一位公共艺术家叫孙振华，他曾经大胆地向市政府决策层提出一个设想，他要在贯穿城市东西的深南大道的中间地带播撒各样粮种，也就是要在深圳的大街上种庄稼，要让在亚热带的阳光下行走于这座城市的人们，四季都能闻到五谷的芳香，他要以这种方式给城市画一道人文的暖色，让人们去体味一座城市里的村庄。这让我想到一本被称为用人类心灵史上最深邃的文字书写的《海鸟乔纳森》，在理查德·巴赫描写的这只海鸟乔纳森看来，活着不止于为了生息而猎食，活着是为了在天空自由自在地飞翔，是为了在完美的飞翔中体味生命赋予自身的真正内涵。

记得一部电影里有一段这样的旁白：如果城市被心灵制造成一种宇宙的仓库，我宁愿不要星星，而只要彼此互爱和信任的人们。

肉食者鄙

现在的人，长的越来越难看了。

街上的色彩是丰富了，却掺杂了太多的冒牌货。当鼻血只为性感而喷，则拉皮隆胸削骨吸脂的自虐之术风行。香水与脂粉搅拌着上妆，如同裹面上身即将下油锅的鱼段儿，虽不至面目可憎，也自是烟熏火燎的颦媚之态，更有大腹便便者的肉波，风起云涌而来，横竖不分挤得人眼眶生疼！

我不惮于语词的刻薄，尽管家母早年就教诲兄弟姐妹：喜欢挑人毛病的，长相都会变得丑陋。好在有索尔仁尼琴先生支持说，一句真话比全世界都重要。

最近因沉迷于整理旧的相册图集，常常一整天就潜水在老照片的海洋里不肯浮出水面，看着那些凝固在陈旧的纸面上却跃然眼帘的面孔，穿越尘封的年代，传达出过往岁月纯真美好的神态，那种无论如何选秀选美都无法呈现的真切与自然，不由得让我们平添一种生不逢时的惭然来。过往时代的人们，虽没有当下这般修饰手段，但通过他们举手投足的瞬间表情，我们能够读出的是自信而率性，即便是一群普通人的合影，眼神间都会流露出相似的坚定与从容。

收回目光，打量一番眼前所谓"舌尖上的中国"。

麦当劳、肯德基与可口可乐支撑着年轻人的肠胃。汽车代替自行车拥塞在街头，身体与路面同时膨胀，连同身体里更为膨胀的欲望。欲望即速度，欲望催生的浮躁，造成社会群体性的迷失！一切来源于时间，而反作用于空间。以前是大鱼吃小鱼，现在是快鱼吃慢鱼。生活节奏不断加快，快餐文化盛行而持续，我们的身体等不及健硕，就先已变得庞大起来。没人注意到在想要拥有更大住房面积的同时，我们的腰围也像城市半径一样悄悄"辐射"开来。北京国际救援中心医生林恩·雷恩笑称，中国人的腰围增长得比国内生产总值增速还快。根据世界卫生组织提供的数据，在拥有13.7亿人口的中国，成年人超重和肥胖的比例从2002年的25%上升到2010年的38.5%，其中城市居民占多数。预计到2015年，中国50%至57%的人口将超重。与此相关的后果已经出现，据世界银行最近发布的一份报告说，威胁中国和其他国家的几种非传染性疾病包括糖尿病、心脏病和高血压。而据国际糖尿病联合会估计，中国有9230万糖尿病患者，居世界第一！

在这些惊人的数据背后，是肥胖者内心的焦虑，正所谓相由心生。职场升沉中的角力，商战竞争中的博弈，工具化的人，在追逐幸福的路上毫无选择地成为升迁加薪与供房养车的工具。伍迪·艾伦说，我不愿意为工作而不朽，我想因不死而不朽。生活与过去相比是富裕了，城市也发展繁荣了，消费水平相应提高了，但在这些物化的表象之下，却不断发酵着我们精神的隐痛与时代的忧伤。2012年电视记者的一问：你幸福吗？问得人们抱头鼠窜，问得"天地为之久低昂"。

丘吉尔说，我们塑造城市，城市也塑造我们。与我们肥胖的身材一样，城市更不会放下膨胀的野心。广场要最大的，项目要最大的，摩天楼要最高的，高铁要最快的……贪大求快以及城际与区域间的攀比造成整体规划内在秩序的混乱，如我们紊乱的肠胃一样来不及消化，塑造出一批同质化、空壳化、畸形化的城市。

我喜欢那些老照片里的人们和他们的生活，我甚至能透过他们健康而有质感的面孔听到他们的笑声，我们无法回到过去那美好时光，但那逝去的一切却能激发我们对现实的关切。正如德里达所说，唤起记忆就是唤起责任。

都市关系

不同的街区决定了不同的关系。

布景一样宽阔的城市大道，放眼百货公司、咖啡馆、剧院、公园以及一些标志性的纪念建筑物与社区群楼，每一个空间都以不同的物像形式默默地展示着权力和财富，甚至它们还像人一样有着不同的身份，实用而又传达着象征意味。空间关系也在新旧交替中不断转移，旧的关系被冷落甚至摧毁，新的关系升腾而且显示出强势的力量。城市如人的经历，如人的家族变迁，如经济千回百转的形态，也许这种拟人化的关系所缔结的距离是看不见的，但谁都知道这背后负载了多少人间惆怅！

柯布西耶认为，城市地理空间上的分化造成贫富差异，阶级分层与社会不公，劳动阶层——公司职员和女店员都被城市扫地出门，送到铁路沿线的郊区去住。巨大的城市聚结，人群熙攘，个体却经受可怕的孤独。这样的文字虽然是对20世纪工业化初期西方城市的勾勒，于今读来却依旧鲜活而有现实同构感。

中国处于城市化的一个峰值状态,一个城里人住在什么位置做什么工作,基本能够提供社会转型进程中有说服力的原型样本。比如我的一个朋友20年前来京城寻找工作机会,当时暂居在三环以里的旧民居里,在一个国家大媒体机构工作。以一个暂住者的媒体人身份,他置身于一个白领聚集的地方,享受着国家多元中心便捷的城市设施与丰富的公共资源。他当时觉得工作环境与居住地都让人满意,却有一种非常不踏实的感觉。若干年后,当他决定选择固定居住地的时候,他毫不犹豫地选择了靠近通州的远郊。后来得知那里居住着有跟自己身份相同的一个庞大的媒体从业者的群落。他说每天意识到自己的左邻右居都是跟自己一样从事差不多的媒体工作者,即使大家各忙各的没有什么沟通机会,还是会觉得有种很平静的内心安适感。

大卫·哈维在《巴黎城记:现代性之都的诞生》一书中说,空间一旦生产出来,就意味着它同过去的决裂。新的空间产生新的生产关系,对空间的生产在某种意义上是对社会关系的再生产。他还认为,每一个空间都在塑造人的习性,都在划定人的范围,都具备一种控制能力,都在暗示一种统治的合法性。

城市规划表面上是一个城市街区组团与建筑关系的整体布局问题,更为深刻的现代规划理念应该回归到社会与人的个体关系中并得到全新的阐释。尤其在我国城市化人潮涌动所驱驰的社会转型期，不同身份不同阶层群体间的联系与分化，商业规范以及社会公共安全等问题成为新的关注点。借以规避西方国家在发展中贫富两重天的"城市墙"的出现，创造趋于合理和谐的空间与人的关系，提炼能够被广泛接纳的城市信念体系，唤起社会整体对城市的归属意识，使各种不同身份界别的群体在一城之下兼收并蓄，激发并凝聚社会创造活力的正能量。

法国历史学家费尔南德·布罗代尔对他所处的时代城市观察视角非常有趣，在他看来，宗教包容的奇迹在贸易集中的地区总能找到，中产阶层对城市成为文化中心做出了贡献。

窃以为，当所有城市居民乐于把精神能量倾注在以公共空间为基础的社会发展上，并且能在社会群体关系中创造同舟共济的情操，那么这样的城市就应该是一个理想中的城市！

人间城郭

城市跟人一样，也会在成长道路上患得患失。

工业化进程中，实利主义的价值观曾让城市付出了无法规避的代价。城市单向度地被认为就是一个发财的地方，机械时代里齿轮咬合的暴虐创造了齿轮专制，人与人、人与环境变成一种倾轧的关系。法国历史学家托克维尔这样描述道，当时最大的经济强国英国，极度贫困现象要比西班牙或葡萄牙这样落后的国家更为普遍。中产阶级和工人阶级中的暴发户热衷于挤入贵族阶层，这构成被历史学家F·R·H杜宝莱称之为"野心时代"的群落。

然而更大的群落却陷入了极度贫困，恰与阴霾的伦敦与臭气熏天的泰晤士河共圆恶趣。小说家约翰·道·帕索斯在《曼哈顿的变迁》一书中描述了20世纪20年代中期的纽约：暮霭中望去，萤火虫一样的通勤火车穿过，朦胧可见纵横交错的桥梁，升降机在不停地爬升和下降，港口的灯光若明若暗中，那些与高楼大厦相向而生的大烟囱成为那个时代的骄傲，当然在彼时电影中甚至在歌声里频繁出现就一点都不新鲜。

其实，并不是没有人关注工业化城市环境的后果，在西山松之助的《江户文化》一书中，作者借一位作家的视野写道，在19世纪后期还能看到丹顶鹤在东京的上空翱翔，狐狸和獾在草丛中奔走，隅田河的河水还可以用来沏茶，而今这一切只能沉入城市久远记忆的渊薮。

"小河弯弯向南流，流到香江去看一看"，移居深圳多年之后，我才知道《东方之珠》这首歌里的所谓的"小河"就是深圳河。深圳河是深圳与香港的界河，发源于深圳梧桐山牛尾岭南坡，经过深圳市区后注入香港米埔的后海湾，全长37公里。20世纪80年代以前，本土深圳人每天吃深圳河的水，家家户户用河水洗菜、做饭、泡茶。然而今天的深圳河即便在政府每年的大力治理之下，还是时不时地泛出阵阵恶臭，留下与这座现代化城市极不相称的暗伤与隐痛。

2013，北京，一个冷得出奇的冬天，不足为奇的是这个冬天里越来越频繁的阴霾与沙尘天气。2008年北京奥运会上，一些外籍运动员戴着口罩而来的行为曾让我们不以为然甚至反感，而今满城尽为"口罩秀"，如同策划好了的大型城市行为艺术，动员了数以千万计的城市人群，口罩之上漂移着疑惑的眼神。当痛快呼吸成为一种奢侈，生命所赋予的一切价值都将解体于虚妄。

改革开放三十多年来解决了温饱问题，却在追求幸福指数的路上遭遇瓶颈。快速的工业化与城市化进程，使城市与人来不及消化这一过程所带来的环境负效应，一路走来，城市发展变成从触目惊心的污染到政府不断地重复治理。

而更多触目惊心的事，此刻就发生在我们身边。与呼吸相关的灰霾致癌问题在网上展开了激烈争论之时，世界卫生组织调查报告中指出，肺癌在许多国家和地区的城市发病率占恶性肿瘤首位，这个事实已无可争议。

人类创造了格局，却被这种格局所困。记得罗马俱乐部在其充满寓意的宣言中写道：地球上出现了癌，而这个癌就是人类！

致 童 年

　　在这个春天即将收场的日子里，到处是熙攘于《致青春》的身影，空气里弥漫着不够真切的伤感抑或叹息，而身为中年人的我，自惭没有什么青春好献给谁，也没有什么遗梦好告白。于是宁愿略过名曰青春的闹市，就像每天早晨上班，总是急匆匆穿过东三环三里屯刚刚从宿醉中苏醒的街道，那些惨绿的路灯与惨绿的树丛让我双眼发绿，想象之弧就这么绕过青春，圈定在六月这期杂志封面上：关于我们的孩子，一个惨绿少年的安全话题。

　　没有什么能抵得过一颗少年的心！

　　可能是因为多年从事纪录片的制作，我痴迷于真实的传记体或回忆录式的文字书写。所有人的叙述都不约而同地从童年开始，超越时代的文字与形象表达了作为生命个体的成长经历，不论他是一位了不起的伟人，还是一个臭名昭著的囚犯。童年的记忆书写了我们蒙昧人生中最为真切的自己，这种真切传达了人性中最接近自然的部分，并构成与终极关怀相衔接的人生轨迹，因此而更显珍贵而富有召唤的力量。我仿佛看见，每个人的手中都牢牢地抓住一根线不放，那线的另一端连接的远方，是每个人童年记忆的风筝，他们在每个生命以远的天空中翩舞，并且永远放飞不舍！写到这儿，我想起被称为"时间的越狱者"纳博科夫，我想起他在《说吧，记忆》中对生命记忆的最初追索："摇篮在深渊上方摇着，常识告诉我们，我们的生存不过是两个永恒黑暗之间瞬息即逝的一线光明……"

然而现实中，并不是所有的孩子都能拥有哪怕转瞬即逝的所谓一线光明。我们的孩子处在一个貌似安全的时代，却无往而不面临危险的威胁。生活好像从来不曾这样富庶过，却又从不曾有过这么多不确定的安全隐患。随着城市化人群过半，越来越多的孩子们挤进大城市容器的角落里，之所以称其为角落，是因为城市趋利心态的集体无意识。其表现为对孩子们的身体发育与精神天空的漠视。我们可以为GDP引吭高歌，也可以为不可预见的未来信誓旦旦，却忘记了未来的主体是我们的孩子。我们将给这些主宰未来世界的人们一种什么样的记忆？

前些日子因为在深圳参加一次国际短片节的评选，邂逅了台湾《老夫子》原创二代漫画家王泽夫妇。已是白发苍苍的他们聊起从民国初始的《三国演义》等经典连环画，继而张乐平的《三毛流浪记》及至台湾《老夫子》的前生今世，尤其还提到了最喜欢大陆有时代感的连环画，感动于一批如叶浅予、贺友直等大画家俯身为孩子们创作许多脍炙人口的连环画，也同样感慨系之于后继乏人的传承问题。这不由得让我想到以宫崎骏、漆原友纪等为代表的日本漫画家对日本动画片的贡献，并由此带动起来的动漫产业。多希望我们的社会，我们的文学艺术家能为我们的孩子多奉献一点精神食粮。

嘤嘤鸣矣，求其友声。

岁月往复，少年伪装成年人，成为人群中称职的卧底或潜伏者。我能听到一个热切的声音在心头回响，什么都可以失去，除了一颗赤子之心。

爱上电影的城市

　　我成长的那个年代，因知识整体性的贫乏，反倒让好奇心与想象力如烟花般地绽放开来。那时到电影院，对茫然如我这样木讷的孩子，就仿佛进入了空谷幽兰的圣境，只有高攀后来的《阿凡达》中的桥段可与记忆中的感受相契，记住我这里说的仅限于感受。那些颤抖甚至划伤了的影像，那些嵌在大脑海马状褶皱深处的表情，那些得了健忘症都永不会忘记的台词随时能脱口而出：

　　"你拿的什么书？歌曲集。什么歌曲集？阿里郎。"

　　"大地在颤抖，仿佛空气在燃烧。"

　　我能听得见黑暗里传来的笑声，为我的苍白无知所不屑，为我们几乎被遗忘的60后被窃笑作奥特曼，笑声来自被加拿大作家道格拉斯·科普兰定义的90后，那些被称作"钻石一代"饱满的一群，他们光鲜而轻盈，恣肆吞吐着从本雅明机械复制到信息复制时代的快餐，我有什么话可说呢？属于我们的那个虚掷的时代，我们可怜的文化权利！我们曾经无比正确地错误着，包括我们成长的背景，我少时游荡的县城里那唯一的天堂影院。在阔别三十多年后，我以朝拜一样的心情重访，所有装饰在记忆里的美好被现实清扫得荡然无存。电影院在周边高耸华丽建筑的映衬下，显得越发陈旧粗鄙，电影院的招牌还躲在角落里，不过早被市场这只手瓜分为卡拉OK练歌房，相邻一家生意不错的大药房，还有门前十分红火的卖熟玉米的摊位……

恰值编辑部同仁们议定本期封面故事，关于电影与城市，便深入记忆去搜寻看过的电影中那些让我如痴如醉，让我挥之不去的个中理由。在那些以城市为载体，借助无穷的想象力所叙述的传奇故事，对生活的夸张描绘，对人性丰富的表达之外，我更震慑于电影对一个城市的魔幻阐释与经典定位。当年看完电影《罗马假日》，人们不只是模仿赫本的发型与派克的装束，还纷纷踏上奔赴罗马的浪漫之旅；看完电影《金刚》的人们，一有机会上路美利坚，无法拒绝地会选择抵达世界的中心广场纽约曼哈顿，这座在电影中出镜率最高的建筑纽约帝国大厦；还有不知多少人在看了杨德昌导演的《牯岭街少年杀人事件》，跑到台湾寻访那座城市的小花园，寻找小花园边那条叫牯岭街的街道。电影对一座座城市的塑造早已深入人心。

同时，城市管理者亦开始有意识地选择电影来营销城市，通过对城市全景和细节更高层次的阐述来提升城市形象，比如唐山市政府开拍《唐山大地震》，杭州西溪湿地植入《非诚勿扰》，陕西旅游局不仅全额投资《白鹿原》，而且还开发、建造以小说和电影为基础的旅游全产业。

　　电影已成为管理者营销城市的一个重要手段，城市已然成为电影视觉的重要元素，这是因为我们已处于一个以城市为生活主场的时代。如果一定要对我们这片土地上成长起来的电影工作者有所期待，那就是把镜头聚焦一座座充满动感的城市，那些忙碌的身影有无尽的诉说，人们正陷于环境与发展的焦虑中，城市个性与多元精神的日益恶化。如果一定要对每座城市的决策者有所希冀，那就让电影回归到城市生活中应有的位置。愿电影更多地聚焦发展中的城市，城市以更开放的姿态面对电影镜头，共谋一幕幕好戏。

众声喧哗

　　我的职业生涯大抵算个电视人，在年轻人趋之若鹜的电视圈内，我偏安于谈不上热闹的纪录片角落。二十几年里，手里紧握着摄像机，眼睛紧盯一个近乎固执的镜头理念：用自己的生命记录别人的生命。作为纪录片人，靠作品说话成为一种无声的激励，我深深敬畏由专业精神驱动的这种沉默的力量。从这个语境上来说，我甘愿做王小波先生所说的"沉默的大多数"，沉默的时候，偏觉喧嚣如沸。

　　鹤鸣九皋，声闻在天。

　　因应新技术革命所赋予的金钥匙，开启了一个声音集束的崭新世界。新媒体彻底改变了传统单向度的纵向传播方式，尤其以web2.0为代表的媒体社交网络，颠覆了人们千年计的交往以至生活方式。媒体与媒体之间的边界因应传播方式的巨大变化而消解，自媒体的发育成长不仅是一种可能，而且已然代表了新媒体最为强势的部分，并成为推进我们社会发展最有力的支点。福柯说，话语即权力。每一个作为生命个体的社会成员都拥有了发声的权利，一个符号，一个名称，甚至一句不经意的表达都会成为以网络为发端的噱头式社会流行语。这正应了安迪·沃霍尔的那句名言，在未来社会，每个人都可能在十五分钟内成为明星。在虚拟与现实交互的现实生活里，到处绽放着声音的花朵，有高亢而低昂的，有缠绵而悱恻的，有语不惊人死不休的……

　　一位观察家说过，工业化社会的秘密在于社会分工，而信息化社会的秘密则在于融合。但事实上，融合的是媒体形态的大势，而作为个体意义鲜明的发声则充满着嘈杂与无序的症候。我们在吆喝与谩骂声中不难找到唯美主义与激进主义的花腔高音，也能在咆哮与诅咒声中不难发现悲观主义与虚无主义的咏叹调式。但是不论是花腔还是咏叹或者别的什么天籁之音，都沦于非理性的涡流。我们无往而不漂浮在一个情绪声浪交织的波面，耳畔尽是滔滔不绝之诉，如波德莱尔所吟，到处都是水，却没有一滴可以喝。虚拟与泛娱杂糅，真实与谎言并陈，我们身受无用信息的泛滥与裹挟，人人如同紧贴在水面的"知道分子"。我们是被各种嗓门驱驰的牛羊，在这毫无遮拦的媒体天空下，我们不知不觉放弃了判断与质疑，无度咀嚼直至扬长而去。

　　我们可以为曾经宁静的日子而伤感，却从不为一个时代的多种声音而悲观。

　　重点在于选择，这跟萨特定义人在选择中实现自身的价值一样，但人们必须为自己的选择承担责任。没有人能够代表谁发声，却不妨碍大家对共识的寻求。我们不无乐观地发现，毕竟在众声喧哗时，与新媒体应运而生的理性部落正充满生机，他们或以一己良知，表达对现实的关切，或发出正直的召唤。那些声音正日益被人们所熟悉，亲切而又真诚，其间积聚着粉丝与围观者构成的力量，由此放大开来，声音的涓涓细流将融会贯通为一条大河。

怎么说呢，河流终会为河流寻找到方向。

不在重复的窗口凝视

一道夏天的铁板烧，烟熏火燎，不依不饶地直扑九月的窗口。

作为滚烫的北漂一族里菜鸟的菜，或者菜鸟的鸟，精神的故乡，早已在东南西北辗转而迷离的生活中失位，至于在无尽奔波中的身份，也一样虚幻得如身份证上自己庸常的名字，只有在登机牌或者房租合同上才接近点儿真实。比如最近，我就在忙着我在京城两年厮混里的第四次搬迁。在无数实用主义的理由之外，我在搬迁的腾挪间每每会在心中生出一种奇特的喜感，如同小说家村上春树在《兰格汉斯岛的午后》中描述的"小确幸"一般。生活原本没有多少大事发生，别希图侥幸中个头彩，也别做"出门捡不到钱就算丢"的梦，不如在寻常而朴实的生活细节中，享受真正属于自己哪怕极微小却有确定感的快乐，过一种单纯明快的日子，去为"小确幸"而开怀一笑。

年鉴学派的历史学家布罗代尔很看重人间烟火，在把历史构成提炼为结构、局势、事件三部分后，尤其强调自下而上的历史，也就是日常生活史，这有点儿像我们祖宗的春秋笔法。我暗自猜想，布罗代尔该是一个很有平民意识的人，就像我喜欢的导演小津安二郎，他痴迷于日常生活的独特个性，是一个平民百姓喜怒哀乐的守望者，"我是一个开豆腐店的，我只会做豆腐。"《秋刀鱼物语》中那个女儿出嫁，父亲独自一人削苹果的桥段，不知为什么总能不经意间在眼前浮现，并且挥之不去……

接着说眼下北漂的我，从一居室换到另一个一居室。我和我的新一居室因为搬迁拥有了一扇不一样的窗，而那窗外就有了不一样的街市，街市里自有人间不同的市井生活……对于相信直觉胜过理性的老"双鱼"，我很容易就能把时间过成空间的味道。客居他乡，虽然家的感觉依旧很稀薄，但这种蜗牛一样看似缓慢却不停变化的同城转场，有灰霾遮蔽不掉的几分活气，这其中好像还存有尚未分明的隐喻意象。我欣慰并陶醉于自己的小抉择带来的"小确幸"，虽不至于每天早晨对着镜子给自己磕头，却总在窃窃闪烁着"要不大爷给你笑一个"的快意。

搬迁不是什么了不起的事儿，但却具体而又实际，同时让我重温了一个常识：生活不只是一天与另一天的重复。

这很像我们的杂志，没有一期的封面故事是重复的。本期的封面故事传达了与重复颇为接近的一个主题：复制。中国城镇化的进程中出现大面积的复制潮，从维多利亚港湾的大黄鸭，到奥地利抑或意大利欧洲小镇不一而足，这不得不让我们反思，城市公共空间外在形式的粗鄙模仿与社会创造力弱化的关系，机械复制对城市个性造成的摧毁与城市精神的沦丧，以至对我们时代文化主体性丧失的隐忧。正如大黄鸭的设计者荷兰设计师伦泰因·霍夫曼对这种复制泛滥的批评："我真的会很反感，这种行为会毁掉社会文化。"一味复制，没有创意，城市只能是单调呆板的重复，没有最糟，只有更糟。作为权力的最高海拔，城市决策层面对公共空间领域不能信手拈来，我们应该唤起沉睡的城市人群，培植并激励社会原创的力量，哪怕很小很微弱，也要真诚而富于个性，因为世界上最好的城市就是一个拥有独特魅力的城市。

我多想从我的窗口看见这样的城市。

留守书屋

前不久做了一个梦，我只身驾车在高速上奔驰，车窗外那些原本如明信片一样清晰美好的景象，电影布景一样呼啸着向身后退去，瞬间虚化为令人眩晕的色块，一切都陷入急骤消失的恐慌中，及至我想踩刹车时，却发现我的刹车竟然失去了控制！汽笛声夹杂着我的声嘶力竭……带着满头大汗醒来，窗外传来京城现实版街市上车水马龙的声音。

没有谁发出指令，听不见催促的声音，我们在不知不觉中被一种看不见的力量裹挟着，义无反顾地向前，以至如我的梦中之车一样，无法让自己停下来，甚至连放慢脚步都成为一种奢侈的诉求。凯鲁亚克在路上诗人般吟唱着，"我们失去了一切，我们也拥有了一切……"时间不停地开始，也不停地终结，时间挤压着空间。谁都听说世界变平了，其实世界还在转型，只不过这是又一轮新旧更替的发端。生逢物质生活驱动的秒杀时代，时间一如麦克卢汉所称的幻觉，让我们鲜活的生命抽离为社交网络中的某个符号指代，我们在符号与符号间虚拟言欢，或者自说自话，当然也可以迅捷而恣肆地获取资讯与知识，只要你愿意。

都市的天空密布着数以万计的摄像头，给城市创造了一种被监视的安全感。舌尖空前地灵敏发达，垃圾在丰富多彩地蔓延，城里的乌鸦越来越多，候鸟却消失得无影无踪，包括在干涸中消失的永定河——那可是京城前生今世的母亲河。

思维跳蚤一样垂直折返，不经意间又想起街边那些消失的邮筒，多少经历是绕过那些绿蘑菇一样的邮筒凝成的，那些童话一样伴我们一同走过从前的邮筒，就这么连根起底消失在我们的视线之外了。连同那些不是键盘敲出，而是由人书写出来的信，那些穿着绿色制服，骑着绿色自行车的邮差，我们的大学录取通知书，至爱亲朋间带着体温与气息的字迹……那是我们多么从容而温暖的记忆！

终于轮到书店了，就是此刻您手中的这期杂志的封面故事。作为城市中长老级的传统公共空间，书店的命运被锁定为不止比萨塔的倾斜，而是摇摆与倾覆之间。新技术所能提供的获取知识的移动便捷方式，对固定空间知识索取形态的书店构成了致命的威胁。问题是既然能通过网上阅读或者网络购书阅读，人们凭什么还要去书店？而另一种声音则代表了一种文化坚守的力量，我们为什么不能从生活美学意义出发，把传统书店更新升华为崭新的阅读空间？人类文明传承不止，阅读不可能消亡，即便阅读的实现方式可以置换，却不会成为一种相互替代的关系，这大抵应该就像电视无法取代电影一样吧。

东三环三里屯SOHO建筑体的下沉阶梯上，沿石阶设计了跌宕的溪流，流水声让人仿佛置身于深山幽谷的溪流之间，但那终只是仿佛，无法代替丛林里真切的自然之声，我陶醉于实体书屋的书香，在书香与触摸之间，我能听到自己的呼吸与心跳的声音。

给婚恋选个去处

一个奔波中人，头疼脑热的事儿也不新鲜，本来以为随便吃一点儿药就能蒙混过关了，却弄得高烧不断直抵40℃，以至折腾到梦话不断。很快我就被电话里一位年轻的"老中医"朋友给骂到一身狗血，但我还是深以为受教，明白了那是偶感风寒，也就是大家常说的着凉了，却稀里糊涂地吃了大量风热感冒的药，结果就是一个吃差药的结果，而我这个人就是一个吃差药的人。

城市跟人一样，要想具有雅各布斯倡导的活力，就该有适合自身的定位，有能被城市主体认同的理念，这和医生给病人开药方没什么两样，开得准就是对症下药，开得不准就跟人吃差药一样悲催，使城市发展陷入误区。又比如婚姻的选择，一位婚配专家就说过，明智的选项不是你喜欢的一个偶像，偶像你喜欢大家都喜欢，关键是适不适合你，或者倒过来说你适不适合人家，"弱水三千，只取一瓢"，花多眼乱中，你要找到最适合的那一个。然而现实是，我们的城市湮没在趋同的涡流里，"国际化"泛滥成灾，"中心"林林总总，城市定位搏大出位，为渊驱鱼，为林驱鸟。过多强调的所谓优势，骨子里只不过是膨胀的欲望，由欲望衍生的非理性城市发展观，终将成为我们城市的破坏性力量。

如何给城市定位，根本在于如何理解城市。

每一座城市的身后都有一段漫长的历史，涌动着像血液一样独特的文化。奥古斯丁在《上帝之城》中较早提出城市与完美生活关系的思考，也就是说城市人应该有自己完美的生活，而那种完美生活也受人们所在城市的影响。这让我想到上海世博会的主题定位：城市，让生活更美好。这一生动准确的主题定位，因其与古老的城市史观暗合而展现出无限魅力。而刘易斯·芒福德则指出，一旦城市与孕育万物、充满活力的大地失去联系，城市就形成一种短路。这提醒人们城市除了对经济繁荣的追求之外，一定要注重自然与人文精神的成长与发育。通过城市历史学家们传达的城市史观，我们能够理解现代城市起源于看不见的精神世界，比如奥斯瓦德·斯宾格勒就尤其关注当城市成为一种心灵状态时所带来的后果，每一座城市都创造一种心灵状态，每一种文化都有自己确定的准则以调节人们的行为，进而内化为人们个性的一部分。城市的历史人文塑造了城市的性格，生活在城市的人群与城市本身互为隐喻，让我们真正理解城市成为一种可能。

我很欣慰于编辑部的同仁把本期封面故事圈定在海口这座城市，海口作为一座海岛城市，个人的经验与印象里她总有些许落寞的感觉，就像我们身边话不多却很重感情的某个朋友，我无数次从这位朋友身边擦肩而过直取她身旁的三亚，以至关于海口的记忆有如海天般淡远，不觉就心生几分莫名的愧疚，但是一听说要从"婚恋之城"角度来切入这期海口的主题，我不禁为之鼓舞。怎么说呢？我能想到一个美国人去圣迭戈拍婚纱照，也能理解一个韩国人去济州岛度蜜月，但我的确没想过，作为一个普通的中国人，结婚如果选择去海口，该是一个多么温暖而又有想象力的决定！

寒冷侵入北方的日子，我能想象到海口的氛围，我甚至能感受到那里海浪的热切……

远在京郊的家

　　又是满城银杏叶飘落的时节，想起去年今日相约京华首善之地，为办这本杂志各种折腾的场景，从簋街到三里屯，从海淀到朝阳，整日风尘中寻师访友。没有办公室，几个人挤在我租住的一居室狭窄的过厅里，"寒夜客来茶当酒，竹炉汤沸火初红"，为能赶在开年元月一日推出创刊号，大家点灯熬油。毕竟从无到有，幸得一波儿文字功底了得的朋友捧场，才让我这个多年厮混于电视界而无甚作为，且误闯纸媒堆的家伙，不至开门儿就撞墙，正是靠朋友们的慷慨，高层的宽容，同仁们的努力，读者的厚爱，我们撑过了这一年！

　　杂志的家安在北京，给了我们可以向中国一流杂志学习的便利与机会，从杂志定位到编辑流程以至封面策划、专栏板式风格等等，我们在名编大记的教诲中不算太笨地成长起来。如朱学东兄，早在他任《南风窗》总编辑前就已经属于朋友的朋友了，一听说我们正办一本面向城市的杂志，学东兄自是思如泉涌加滔滔江河。总之，他的热情和酒量一样大，颇有诗酒英豪，不醉不欢的侠气，作为本刊没有之一只有唯一的顾问，他对《凤凰都市》的助力之大，属于看不见却是融于杂志的发育成长之中的。加上他推荐的徐一龙兄也是有求必应，成为力透纸背无话不讲的朋友；还有早年编创《书城》杂志，现履职《二十一世纪经济报道》人文版主编的李二民兄，更以其老编辣眼为我们的杂志提出了非常有方向性的思路，而且杂志每每有一点的进步，都能听到二民兄真诚的肯定与鼓励，热语犹音在耳，挥之不去！还有因缘际会与我在深圳共过事的吴靖美女，包括她推荐来的一大波儿年轻而才华横溢的朋友，在杂志初创的日子里，这些年轻的朋友不仅赋予了杂志一个模板雏形，更给了杂志继续走下去的凌厉锐气。虽然由于各种原因有几位朋友相继离开了杂志社另谋高就，但是杂志社没有忘记他们，因为这里有他们短暂却充满激情的记忆，这里是他们青葱韶华曾经的驿站。

作为这群年轻的面孔之一，已在东三环CBD一家外企工作的琳子美女，前不久从她京城远郊的家给我寄来了一箱礼物，里面装有她刚从她家后院一棵树上摘下来的柿子，她还嘱我给大家尝一尝，看是不是比城里卖的甜。也是凑巧，本年度最后一期的封面故事，就圈定在家住北京以远的上班族群，通过琳子美女每天几个小时的上下班，可以如此近距离地想象到她与他们，因上班路途的遥远而产生的劳顿，这庞大而特定的人群也仿佛就在我们眼前匆匆折返，这一切恐怕在全世界也绝无仅有。这种现代都市族群的日常生活状态，随着超大型首都经济圈的日益扩展，让人们无比困惑，同时却又是无法改变的现实，而我们在这里试图用有限的篇幅与文字，表达对这个超远上班大族群的关切，比如他们何以选择这样的生活，他们以何种期待而不放弃在这里坚守的信念，以及他们作为生命个体深层的价值追问与俗世社会的喜怒哀乐。

有一点可以确定，上班的路即使再远，他们每天总要回家。正如诗人荷尔德林的诗句——人们充满劳绩，却还诗意地栖居于大地之上！

二零一四
2014

野草在歌唱

　　这个冬天冷得混沌而现实，以至容不得哪怕一场轻雪的浪漫，在"匆匆不一，草草不尽"的问询往复中，我们迎来了新的一年。

　　愿景是祝福的支点。作为一本服务于都市的杂志，我们祝福城市，祝福国人，但这祝福不能让笼罩大半个中国的阴霾立马消散，也不能让延迟退休的政策也延迟兑现。应该祝福的总是太多太多，婚姻的变故，失业与失身，工作紧张与人际关系的失调，医患的对立，城市与乡村的双向失落，不同人群中涌动的身份焦虑云云，有一千个祝福，就有一千个伤心的理由！应该不应该祝福是社会伦理问题，谁来承担却成为社会责任问题，以往太多的期待都仰望着高高在上而又无所不能的政府，却忽略了政府与公众之间的民间组织力量，我们过度倚重擎天柱一般的乔木，却无端忽略了地上蔓延的野草。

　　哈贝马斯说，公共性始终是我们政治制度的一个组织原则。公共服务领域完全有能够成为民间社会组织发挥巨大补充作用的空间，这符合民间社会组织的价值观，即服务于公益或特定人群的使命。但是很遗憾，漫长的行政架构阴影曾无度遮蔽并抑制了社会力量的生长，民间组织成熟度已远远赶不上现代国家治理体系的渴求，从表层看，是资金短缺与人力资源不足，或者相关知识和经验的缺乏，而深层原因在于政策性限制，政府想管的事太多，手伸得过长，然而憧憬无须仰望星空之邈远，希望实始于足下未尽之路途，只要我们俯身就能感受到大地微微躁动，野草向上生发的力量。

春天总是从寒冷的季节萌醒，民间社会组织凝聚着更多人群的期待，这不禁让我想起五年前，我曾以一个社会观察记录者的身份，拍摄过一部反映深圳民间社会组织的电视纪录片《一个城市的心灵史》，记得我们采访了一个名为"黑暗中对话"的民间工作坊，这是一个由盲人主导的心理体验活动，大约一个小时的黑暗集合之旅，没有一星光亮，没有现实联系的手机，一个人为与世隔绝的特定空间，唯一的信息来源，只有一位盲人在黑暗中亲切而温暖的指引，与此黑暗中摸索着前行才有了方向，这给参与体验的人留下了极深刻的印象，让人们在黑暗的惶恐与孤独无助的情境中感受到了生命的依托与关怀。窃以为这正是一个真切的社会现实的隐喻，在政府决策层的边界之外，处于灰色甚至黑暗地带的人群，如何才能重见光明？无数个生命的个体在无助的沉浮间，何以寻找到自己的归属？正如龙应台女士所言，一滴水怎么会知道洪流的方向呢？

没有人能代表我们每一个自己，这却不妨碍我们在生活中获得共识。无论是社会公益扶助，还是环境保护组织，以至社会观察与民间智库，城市无疑都是它们最佳的孵化基地，反过来说，民间社会组织的发育成长对城市的可持续发展提供了无法想象的创造潜力，这大抵是我们选择这一主题作为2014开年封面故事的良苦用心，谨以此诚借"车骑琳琅，骏马良驹"之岁，给亲爱的广大读者拜年！

家书抵万金

　　新年与春节在一月间首尾呼应，别有一种蕴藉与对称的喜感，这在记忆里不知有没有经历过，空中氤氲着看不见的瑞气，远近稀落的鞭炮声像是一种催促，为过年而赶往的匆匆行色，与人们相互间热切的问候一道融成节日的氛围，不管过往的一年有怎样的得失，焦虑与彷徨，劳顿与倦怠，欣慰与期望，一切暂且放下来，先与家人过好一个团团圆圆的年，这是仅次于信仰的执念，圆融了永恒的祝福。

　　从过年回家的情感诉求出发，我们发现节日气氛中人与人之间传递感情的方式日益变得快捷却寡淡，承载着人们厚重情感的家书已被短信、微信等先进即时通信工具取代，技术悄然改变了人们的情感交流方式和厚度，于是便有了本期这个封面主题：消逝的家书。事实上，不管我们多么不情愿，那些承载我们太多情感记忆的家书，毕竟从我们的生活中消失了，连同我们熟悉的街头，那些作为传统城市公共空间元素的邮筒，那些绿色的精神岛屿永远消失了，多少天各一方的离愁别绪，多少秉笔疾书的字里行间，都沉淀在我们集体记忆的远方。在已逝的过往岁月，我们人人都是迷失方向的邮差，仿佛一夜之间，我们就从书信铺就的一条静谧乡村小径跃上了喧嚣的信息高速公路。

表面上看，我们是在进步，从文房四宝的笔墨手书到雕版活字印刷术，铅字与火被激光照排与电子扫描所取代，貌似幸福来得太快，我们毫无准备地接受一切，实际上我们没有拒绝的权利。如同一个卑劣扭曲的包办婚姻，爱就是做爱，就是机械加工后代，这似乎应验了本雅明近百年前所预示的"不可逆转"与一条"不归之路"（1928年），也开启了麦克卢汉预知的另一个时代，一种未来的媒体像是某种电脑化的感官感知，将会把意识加工成为环境的集体内容（1965年）。以交换信息为特质的生命语法如此丰富多元，当变化成为现在进行时，微博定义了互联网，微信定义了移动互联网，电商定义了消费形态，这个时代得到信息与实惠是如此的轻而易举，但想获得发自内心的快乐体验却越来越难，更遑论高山仰止的家书情怀！

春天到来之际，让我们在信息传递被格式化了的定式中寻回曾经鲜活的家书时代，重温人类文明最丰富细腻的心灵史。灞桥折柳，南浦骊歌，锦书相托，亘古传承，一封家书，两地相思，多少人间冷暖，多少悲欢离合，家书的主题多是牵挂与叮咛，是希冀与教诲，是漂泊与乡愁，文字的书写，重构了纸面的生活，创造了完美的精神世界。李泽厚在《历史本体论》中说，人是生理的存在，更是心理的存在，人是精神存在，更是历史存在，人生的意义正在情感本体的建构积淀之中。

有一封家书令人潸然，而且常在心头萦绕，挥之不去，那是美国诗人金斯堡的母亲在疯人院里弥留之际写给儿子的：

钥匙在窗台上，钥匙在窗前的阳光里，孩子，结婚吧，不要吸毒，钥匙在那阳光里……

城乡的约会

　　一年之计的春天，万物生发的季节，人们燕侣相随或亲朋做伴，共享踏青之欢，"暮春者，春服既成，冠者五六人，童子六七人，浴乎沂，风乎舞雩，咏而归。"这种连孔老夫子都为之点赞的探春图景，成为我们文化记忆中最浪漫的内存。与此相向而行的"墟市"，则因其充满了实用价值而尽显韧性，曾经的"墟市"而今的菜市场，城乡需求于此交集，彼此各为归属，聚散之间，历千年营营而不衰。

　　早有民谚说，千里不贩樵，千里不贩青。这就是菜市场能在城市立定脚跟的缘由，用起来方便，吃起来新鲜，套用经济学的表述，这叫生命成本的最低化和资源共享的最大化。场地可以变迁，装束可以随时，货币可以改头换面，但是随行就市的商业形式却与吆喝声一样传承至今，那是古老的市场雏形，最早的市井之声。作为与城市史相伴随的传统公共空间，菜市场已然成为城市生活的一部分，甚至构成城市经济指数的日常变量，引起观察家与城市决策层面的格外关注，居于此我们把菜市场作为三月的主题，作为这一年春天的封面故事。

老实说京城里谋生几年，混迹于文化与传媒杂糅而逼仄的空间，连同闹市里租赁的小屋，孑然一身懒于燃火做灶，一碟花生米对一瓶"小二"，足应春风桃李并江湖夜雨，至于菜市场这种人间烟火味十足的地方，实在是"性相近，习相远"的所在，为了对本期封面选题有一个更直观的判断，也为了濯清咬文嚼字的酸劲儿去接接地气，这一天起了个大早，在晨雾与灰霾分不清的昏暗中，就近摸索到工体南路的一家不算太大的菜市场，春寒料峭之类的描述就此省略，云里雾里的感觉也一笔带过，在如预想的嘈杂之外，感受到的是只有陌生人群簇拥中才有的温暖气息，分不清吆喝还是问候的京郊腔在耳边回响，讨价还价间的调侃场面令人驻足，那些看不清表情却能体味到的热情充满感染力，人很容易被这种感染力怂恿推动，空气中散布着各种蔬菜夹杂泥土的香味，那是受城里人青睐的蔬菜果品，应接不暇间整个人仿佛被味道、色彩与喧声稀释了，我独被几种很少在餐桌上见到的菜品所惊讶，并暗叹菜类的细分与齐全，比如水芹菜、穿心莲这等不一而足的稀罕山野菜，最后我被人头攒动中的热气所吸引，那是菜市场东南角的一口大锅，那里有现场贴出来的香喷喷的玉米饼子，这简直是一种奇特发现，立时唤起了我遥远的味觉记忆……

平民的生活，百姓的日子，菜市场使城市生活变得丰盈而连贯起来。

　　菜市场毕竟不是一个横空出世的城市空间，在对城市社区不可替代的依存度之外，每一个菜市场与郊野以远的乡村都密不可分，从种植户到供货商，以及运转批发流程，由此也产生了关乎人与食品的信任问题，激烈的市场化竞争暴露出林林总总的食品安全隐患，在担忧之外，人们对菜市场的上游、中游以至下游每一环节都发出了质询与关切。

　　我总知道，关于菜市场，人们更多的是守望与期待。

看不见的阴霾

3月1日。

那是同一天的下午，我因为商务从北京南站乘高铁C2043去天津。还记得那个冷风习习的天津假日酒店的深夜，我畏缩在白床单里从手机微博上惊悉血泊中的昆明火车站，不断刷屏直到天亮，极力拼接、还原那起骇人的杀戮事件的恐怖细节，想知道更多更多，或者凭职业敏感求得结果之外各种复杂的背景关系与当下的联系，然而我知道一切都远在想象之外，没有答案，就像那些无辜的生命竟可以这样无端地骤停在暴徒的屠刀之下。

第二天从天津站返京时，雾霭中的天津火车站早已如临大敌，警察与安保人员用锐利的眼光审视着每一位进站候车的旅客，从安检到核对身份证件环节，稍有疑窦的包裹就要重新过一遍X光扫描装置，甚至有很多旅客被要求打开包裹，几只警犬在人群中穿梭并不停地嗅来嗅去，偶尔传来安保人员的几声呵斥，所有的旅客都只能默默配合与毫无怨言的服从。通信如此发达的移动互联网时代，人们大概跟我一样早已经通过微博微信知晓了昆明火车站昨晚发生的一切，所有人的表情麻木中带有极易察觉的不安，恍惚中如同搭乘飞机过安检的程序。这时意识到，火车站这个传统到不能再传统，平常到不能再平常的公共空间，这个载满了我们太多集体记忆的聚散所在，何以在一夜之间变得陌生以至莫名的惶恐起来，而更为可怕的是不知这种惶恐将持续到何时。

这是怎样的三月，又是怎样的春天？

几位同仁不约而同地认同了以公共空间的恐怖危机作为本期封面的主题，关注城市公共安全。近些年，恐怖主义由一个遥远的概念正在迫近为血淋淋的现实，它正在逼近我们司空见惯且往来过从的城市公共空间，它可能今天是火车站，明天是飞机场，后天也许就是地铁。在这些人群密度极高的场域，恐怖分子对平民采取集中杀戮、绑架劫持、爆炸等恐怖手段，造成社会群体性混乱与城市危机，混乱是看得到的后果，危机却是看不见的心理恐慌，混乱可以立马平息，恐慌的平复却需假以漫长的时日，"9·11"事件中的双塔在恐怖袭击中倒塌后，美国人重建一座新的纪念体大厦，但是双塔倒塌的恐怖阴影却在人们心中挥之不去，造成社会群体性的心理危机。

如何拯救危机？原因就是答案。

恐怖主义的目的就是造成颠覆性的恐慌与动乱局面，一个房间里杀过人，人们就不愿意再去那个房间，这是文化心理使然，这也符合马斯洛生理需求之后的安全需求理论，罗斯福重燃美利坚信心的四大自由之一就是免于恐惧的自由，无法想象一个没有安全感的城市，人们怎么能够安居乐业，我们有能力铸就城市人群的反恐防恐意识，就应该有能力重建对城市的信心。

丘吉尔在"二战"最艰难的时期曾跟他的人民说，我们手中拥有的，总比失去的多！

孤独的人群

在城市簇拥的人潮中，我们像城市一样带着千人一面的表情。

尽管我们身处媒体营造的所谓娱乐时代，我们却少有那种发自内心的笑，商业化也的确制造了一脸烩菜般的笑，但"笑容锈在脸上很久了，孤独却蚀在心里很深了"（舒婷），孤独的个体，焦虑与不安中的脆弱，脆弱的心理防线，被互联网社交切割的人际，现代人面对面沟通能力的退化，社会群体不同身份的间离，假装城里人的农民工，游走于城市的艺术家，时刻提防被袭的医生，在物质生活背景下惶惶不可终日的知识分子，猜时局谜语般的商人，对着天空发呆的官员，跨界融合中焦虑的媒体人……不能完全归结为生存压力，但是的确几乎人人都可能成为易燃易爆品。

你可以把群体易怒症归结于地球的气温在升高，或者你也可以归结为我们国民性中的文化基因，但我更相信从我们时代的社会群体生活现实理解公众情绪。法国著名心理学家古斯塔夫·勒庞在《乌合之众》中写道："群体中的个人不再是他自己，他变成了一个不受自己意志支配的玩偶，孤立的他可能是个有教养的个人，但在群体中他变成了野蛮人——即一个行为受本能支配的动物，他表现得身不由己，残暴而狂热。"瑞士艺术家赫斯乔恩也说道，"是的，我是一摊泥，你也浑球，我迷失，你也不清醒。"社会群体性的迷失，集体无意识状态一定源自大时代背景的切换，即使在西方发达国家也早早经历了大时代对应社会群体的非理性受迫性影响，美国公共社会学家大卫·理斯曼在被誉为"当代最有影响的著作之一"的《孤独的人群》经典著作中，着重探索了19世纪美国占主导地位人群内在导向性格如何被20世纪中叶的他人导向性格所取代的过程，并深刻研究揭示了这一取代的原因、过程以及对美国当代主要社会生活领域的影响。或许是对这一问题理解的肤浅，我们还无法对社会心理做出整体科学的判断，却隐约感受到国内关于当下中国社会公众情绪乃至群体性格问题的思考之不充分，尤其在性格、政治、自主性所构成的社会性格领域的思考还没有成为显学，即使如此，我依然相信所谓美国社会性格变动的理论也一定能成为当代中国复杂的社会转型期的旁证视角，尤其作为一门社会科学，不仅对美国社会，它理应对所有市场经济高速发展的社会提供参照意义。

一个不争的事实，中国是世界上变化最大最快的国家，欧洲三百年的历练，中国浓缩在三四十年就完成了，这种前所未有的时代跨越，彻底打破了传统计划经济相对均等的利益链系，这势必造成社会转型进程中滋生的各种社会矛盾纠葛，利益格局的重置与个体身份的裂变，让每个人深陷多重困惑与焦虑，内心脆弱却欲望强烈，追求价值却无往而不迷失自我。

有一种召唤，有一种期待，如何寻找一个能够安放我们心灵的地方，重建一个由健康的群体所构成的精神家园，这是本期封面主题的由衷追问。

重建，不只意味回到了开始，正如一位哲人所言，我们永远不是什么，我们永远在成为什么。

此心谁属

总能想起尼采的喃喃自语，人是有病的动物。这很容易让人联想到平常日子里我们不无戏谑的对话"你有病！"抑或"你有药？"

没有一种药对治流动人群整体性的身份焦虑以至自我深层存在感的危机。

在中国城镇化已畸变为巨型城市化的今天，背负对乡村土地的母体依恋，心怀对大城市的一万种期望，两亿多以农村户籍为主体的群落，正如潮水一般涌向以财富与幸福为象征的大城市，观察家们说，中国城乡居民特殊历史因素造成的人均收入巨大反差，必将成为城镇化的井喷动力，从60、70到80、90甚至00后，拥抱城市的浪潮已形成跟进性反应，谁让城市成为了现今中国经济的发动机，更何况产业结构的变化，带来空间居住模式的变化，从乡村分散的贴近土地的居住模式，来到城市集聚和集中的垂直居住模式，最大限度地提供了经济增长、投资和资源再配置的空间与机会。城市常住人口已经接近了七亿，迅速超过了全国人口的一半以上，但是拥有城市户籍的人口只占三分之一左右，人口身份的多样型结构与各种不同诉求带来越来越多的问题。要知道城市发展比工业生产更为复杂，政府即使再放权，在城市化的管理层面无可争议地起着主导作用，粗放的规划与资源错配，单单靠基础设施与公共服务的大干快上，已经越来越难于凝聚人心，并且已经造成了事实上的挫败感与发展困惑。城市已然不能光依赖其华丽的外表，那些宽广笔直的大道以及四季应时绽放的花坛，好像挺适合某种仪式化的表现，更适合礼宾检阅活动，却难掩天空的重度灰霾与漫长的塞车之不堪！

图难于其易，为大于其细。（老子语）

城市尤其是大城市的管理者必须清楚，是不是该从宏观大项目的硬性理念，回归城市细节的软性思考中来。看看我们的城市是不是够精细，是不是更合理，是不是更有前瞻性，比如是不是让旅行者发现整个一条街都是按摩房或足浴店，而书店却寥寥无几，由此被我们的邻居评价为"低智商国家"和"未来毫无希望成为发达国家"。（大前研一《低智商社会》）

良药苦口，对治人心。

不要低估一个城市的软性力量，你可以把它俗称为软实力。你可以把一个城市的发展战略视为核心，却无法代替对每一位城市个体内心的关怀。而且当一个城市把每一位市民，不是以户籍去分别，去定义身份的不同，而是以他们对城市的认同与归属作为奋斗目标时，才会拥有城市健康发展的支点。

说得再直接一点，城镇化归根结底是人心的城镇化。

一个城市的软实力强弱，其根本取决于人们对这座城市的预期，也就是对这座城市未来发展的信心，而这与每一个城市心灵都有着密不可分的联系，我们来到这座城市，这座城市是不是接纳我为其中的一员，我在这座城市是不是有文化自觉并拥有文化的权利，或者这座城市有没有属于自己的未来……这一切都远还没有答案。

身份的焦虑与困惑已然还在，在城市的街角、地铁拥挤的人群中，你不难读到那份自身存在感的隐痛与迷惘的神情。想起龙应台在《大江大海——1949》中的一段话：走还是不走？走是一辈子，不走也是一辈子。

求与无求

　　如果有人从来世访问你，在这个夏日炎热的午后，用翻一本杂志的时间，你会和他谈些什么呢？

　　我一定不会和他聊外星人抑或天上的繁星代表上帝书写的卡巴拉哲学，大抵也无暇抱怨所谓"逝者如斯，不舍昼夜"，我想我会和他谈关于我们社会现实的困扰与不测的未来。

　　我会向他请教，每个生命个体在各自时间轴上的重要时刻，和这些重要时刻的对应关系，作为已有答案的未来使者，我想从他那里寻找的不是生命的终极意义，而是生命进程中那些被忽略的教训与不被重视的经验，那些构成我们时代群体特征的选择是更趋合理，还是走向了不智甚至反智的歧路。

　　时代的心灵样本来自理想与现实的冲突。

　　现实像个石头，精神像个蛋，石头虽然坚硬，可蛋才是生命。

　　精神上的求知与现实中的求人，社会群体人格的分裂，让我们的精神内核处于一种失重的状态。

即使在工业化已达中期的中国都市社会，社会契约精神依旧十分暗淡而不容乐观，对制度规范与社会秩序的轻慢，乃至社会公共意识与公民精神的不自觉，造成社会底线伦理的整体性崩溃。

赛缪尔·斯麦尔斯说，一个国家的前途，不取决于它国库之殷实，不取决于它城堡之坚固，不取决于它公共设施之华丽，而在于这个国家公民品格之高下。

我们从不对社会公共层面的约束机制产生敬畏之心，相反我们却为如何能绕行或者钻空子而沾沾自喜。

青春是用来挥霍的，制度是管控蠢人的。

我们的社会似乎有推崇利用关系让制度受到裂度损伤的文化传统，那些能求人办事与有能力办事的人成为朋友圈中争相交往的对象，甚至能不能办事或能求人办成多大的事成为评判一个人最庸俗而实际的价值尺度。

这应了卢梭三百年前的喟叹：人类的进步史就是人类的堕落史。

一方面是制度层面的缺失造成的不平等，另一方面则是社会整体权力管控的弱化。于是求人办事成为我们时代的社会偏好，社会肌体陷于整体性的危机状态。人人都有充分的求人理由，天下谁人不求人，花钱办事成为人们早已认同的事实，倒是花钱办不成事成为嫌恶与晦气。从求医到求官，到无所不求，正所谓没有一滴雨会认为自己造成了洪灾。

在我们文化的"里子"中深埋着对权力的顶礼，和居于权力的"面子"上的光鲜。

勃兰特·罗素说，中国并非没有雄心勃勃的人，但比我们要少得多，他们的雄心与我们的形式不同，但不见得好，而是欣赏权力的偏好，这种偏好造成的自然结果是，贪婪变成了中国人的缺点。

在我们这个无比功利的物质世界，消费奢侈品成为一种潮流，到处是柯布西耶所深恶痛绝的无用的东西，经济上的产能过剩与人们过度的欲望一样疯长，房子要再多几套，车子要顶级品牌的，连内衣内裤都要明星广告中穿戴过的……我们从不能像我们的先知那样反求诸己。

我们文化史中不乏追求墙内纸醉金迷的大观园，更有墙外那不知有汉，无论魏晋的世外桃源。

然而，我们到底求什么？

摊位的叙事

记忆中的摊位无法确定位置，既庞杂而又凌乱。

即使在那段"史无前例"的不堪岁月，街上的雪糕与冰糖葫芦的叫卖声好像也从未休止过，还不包括时令水果下来时色香味的诱惑。我就记得曾经有过用全国粮票从小贩手里换"123"（一种海棠）的交易，那种海棠特殊的味道，直到现在想起来还倒牙！而在粮食定量供应的那段日子，挨长辈们骂作败家子儿也自然是少不了的，好在没耽误看了N场的《红灯记》样板戏，也是因为那时年纪太小，大部分剧情也权作热闹被忘得差不多了，唯有一个今天看来有点像打酱油的桥段却是记忆犹新，就是那位老交通联络员的一句唱腔："我吆喝一声，磨剪子嘞，抢菜刀……"

朋友们总以此来拿我开涮，说我酒一大了，就反复唱这一句，像按了重放键。

那是一个产品匮乏却不断有荒诞概念产生的年代。

那时城市的摊位少得可怜到可以充作街坊的标识。

到处是不食人间烟火的标语口号，伴随斗争到底的声音。

比如"割资本主义的尾巴"，后来懂得这概念是为特定人群设计的，人们需要概念是因为概念节省解释，却无法节省解释之于现实的拧巴，尾巴已经夹得太久，但尾巴依然还在，直到改革开放，资本主义的尾巴才敢悄悄伸出来晃上一晃。

然而尾巴注定属于命途多舛。

从前是遭一个轰轰烈烈的时代践踏，而今是受一座座城市的现实挤压。

眼前电影一样闪回，身份不同的人群，面对计划经济向市场经济转型的十字路口，下岗与下海的艰难抉择中不曾对命运怨天尤人，他们勇于从看得见与看不见的地摊就位，开始自食其力的新生活。不是因为看到希望才坚持，而是因为坚持才看到了希望。没人知道或是相信这会是中国个体经济的起点，是一路走来的民营经济的摇篮，是中国真正意义的市场经济的未来。

"我要好好读书，长大之后去当城管，我当城管，在街上碰到妈妈的菜摊时，可以慢慢追，慢慢撵……"太多的悲情故事，在小贩儿与城市之间，在卑微与坚忍之中。

日本著名作家渡边淳一说过，相对于敏感，钝感力是一种独特的力量，虽然给人以迟钝、木讷的负面印象，却是从容面对生活中的挫折与伤痛，坚韧地朝着自己的方向前进，最终赢得美好生活的手段和智慧。

摊位的坚守正是拥有了这样一种钝感的应力。风雨无阻的城市角落，立定了纤弱却从不动摇的重心，代表了生命意志与城市生活双向的需求，显示出一种雅各布斯所强调的城市聚集的力量。

不要忘记老卢梭的提醒，房屋只构成镇，市民才构成城。而摊位个体经济势必已与市民生活融为了一体，并汇入现代城市运行不衰的整体经济模式之中。

伟大的城市学家芒福德在其经典著作《城市历史》中充满诗意地写到，城市是人类之爱的一个器官，因而最优化的城市经济模式，应该是关怀人与陶冶人。

从地摊的低位出发，个体经济抑或民营经济，在中国当下特定的市场格局中，一直徘徊在整体国民经济的边缘地带，让我想到十字街头那些坚守在摊位后的面孔，那些憧憬与忧虑交织的表情——我们中国的表情。

铁屑如花

我对工厂最初的印象，停留在我们这一代"学工学农"记忆的某个角落。

那时的工厂远说不上流水线，只是按照产品的工序分出不同的车间，车间沉浸在无休止的噪音中，机器轰鸣，轮辐飞转，从金属条上切削下来的铁屑，不时发出"嗤嗤"的尖利之声，铁屑生出螺母线般的千姿百态，有的像舞动的钢鞭，有的像铁树的枝蔓，堆在一起更像绽放在车间里的一簇簇流光溢彩的铁叶银花。

然而常识告诉我，那不过是些美丽的废品。

后来与地道的流水线交集，是我作为一名电视记者，隔着黑白的取景框俯仰聚焦在现代化流水线上，那些无生命的产品与有生命的人，都以默默无闻的方式记录并在电视荧屏上稍纵即逝，就像电视台大多数没什么解读价值的所谓"新闻"。套用一个卡佛式的疑问句：

"当我们在拍摄时，我们在拍摄什么？"

　　这是一个多么容易遗忘的年代。

　　从最早开放的东部沿海城市，从珠三角到长三角的新兴开发区，为了支撑"世界工厂"劳动密集型企业的动力，我们创造了来自乡村的廉价劳动力，大量的农民工以"打工仔"或"打工妹"的名义涌入生产线。如花的日子，似火的青春，懵懂的城市梦，但飘忽的只是幻象，现实是被固化在流水线上的机械般的年轻部落。这是一个从一开始就注定了弱势命运的群体，就像成就城市楼群的水泥，一旦华丽的大厦封顶，谁还会记得或者提到水泥？

　　水泥之于命运，搅拌之于凝固。

　　一切都在看似正常的社会转型中前行，社会整体话语编织着自然合理性的声音，为流水线上的生命进言如此苍白。而作为已经被定义为弱势群体的主体，流水线就意味着他们的全部世界，时间与流水线同步，青春被机械之河倾轧或吞噬，群体的记忆就是群体的失忆。

　　一位流水线诗人写道：车厢里的沙丁鱼，老板嘴边的炒鱿鱼，信访办缘木求鱼，医疗社保的漏网之鱼，还有美梦中总想翻身的咸鱼……

　　被遮蔽的现实，流水线上流淌着我们时代的忧伤。

　　雇佣劳动社会分化与不平等的现实关系，给年轻的生命造成心理与生理的双重戕害，而精神生活因环境等非单一性封闭与压迫，却被我们匆忙的社会与时代发展所忽视，或者因应现代化语境中发展所付出的必要代价而被略去。

阿尔都塞传唤主体的理论，似乎描摹了那些默默无闻的流水线上的主人，他们成了谦卑的感恩者，他们从土地中脱身，仿佛就应该摧眉折腰叩首城市之门，因为流水线就是他们通往城市最近的门槛。

然而我们该到扪心自问的时候了，那些想融入城市，战战兢兢匍匐在产品一线的孩子们，他们理应被社会从封闭的空间内接纳过来。他们不仅是遵守现代化生产秩序与规范的劳动者，更应该成为新一轮城市化最有生命力的主体，趁这些青春尚未衰老凋零之际，给他们一样的权利与机会，还原这个青春部落的现实社会地位与尊严，使他们在身份的错置中认识到自身与社会的关系，他们更是沉默的大多数，他们理应有更美好的生活。

以此《流水线上的青春》为封面主题，权作我们对城市良心最微弱的一声追问。

失落的镜子

　　印象中把生活比喻为一面镜子的好像是法国作家萨克雷，意思是你对它笑，它就对你笑；你对它哭，它就对你哭；笑的依然在笑，哭的依然在哭，过去是"以铜为鉴正衣冠"，现在是手机在握玩自拍。

　　跟手机比起来，镜子显然成了老古董。

　　谁会想到手机最早的模块发明者，竟是好莱坞50年代风情万种的女星拉玛尔，"一个站在那里傻笑就能迷倒全世界男人"的尤物，应了女数学家魏瑞娜·胡伯·戴森有名的论调，无聊才是最大的生产力。在一个科学处于徘徊的时期，我们的发明创新往往游离了使命而取向无聊甚至奢侈。手机投映的这个时代与这个时代的人，被美国学者称为拒绝传统价值的"me generation"（自我的一代）。这与钱理群先生"精致的利己主义者"的定义暗合，"我们的一些大学，包括北京大学，正在培养一些精致的利己主义者，他们高智商、世俗、老到，善于表演，懂得配合，更善于利用体制达到自己的目的……"

不只作为知识分子传统上的"夕惕若厉"，更理解钱先生们站在精神界面俯视我们社会时的那种锥心之痛。想想这些年来，目所能及之乱象，道德飞流直下，无良俯拾皆是。我们文明一脉所系，支离破碎中的重建，常怀顾此失彼之忧，正如一位观察家所言，我们看到了问题，却只能在问题的上空一圈圈盘旋，无法落地去解决问题。

即便如此，我们不想简单地把一切问题都一概归并为国民素质，与其陶醉于道德高地指点江山并华丽转身，不若实实在在地帮助人们面对我们失落的文明，并重新梳理我们文明在当下的逻辑出路，毕竟人文的功能全在于为生命提供意义，为我们社会寻回存在与发展的基本根据。

三十年奇迹，野马一样狂奔的中国经济。"摸着石头过河"，沦为摸着石头过瘾，不想过河。经济层面与心灵层面发展的不均衡，造成文明系统性的断裂，社会精神秩序发生空前的混乱。费孝通先生说，失调的文化，需要人去调适。通过调适社会主体的人，让人去正确面对自然、面对人人，以至面对内心，通过调适我们社会能够认同的标准与方向，让我们社会的主体就位于教养与常识。我们有责任让人们认清遵守秩序与"钻空子"、要小聪明与体面的生活之于现代公民社会的不同内涵，让更多的人以约束为前提获得最大范围的自由与尊重，让所有的国人把教养内化为最基本的常识，激发他们对人与事物发自内心的关怀。

我们欣慰于看到富有良知的知识分子，正在苦心倡导并强调个人的价值与程序理性。

为目的的不择手段，意味着生命终极的黑暗，而黑暗粗鄙的手段也不可能获致崇高圣洁的目的。程序大于目的是一种人文的真理，这像常识一样简单，因为归根结底，人还是一种过程的产物，一种历史的存在。我们不能再忽略文明传承最直接的方式——教育，尤其国人现实价值观的教育，我们已经为此付出了沉重的代价。从时机上看，三十年前最好，现在开始可以算第二好。

文明失却了刻度，就像我们失落了一面映照灵魂的镜子。

该到我们与自身清算的时候了，我们为何不受待见？

捡破烂儿

　　跟年近八旬的老爸通电话，爸抱怨家人最近不停地数落他，嫌他从街上总是往家里捡破烂儿，丢人现眼不说，还弄得家里脏兮兮不卫生，电话里老爸为遭家人的白眼控诉着，语调中竟含有些个哀伤，大概是想让客居他乡的长子为他主持个所谓公道或是别的什么，我听得出个衷曲款，竟脱口跟老爸说，放心，下次我回老家和您一起捡！电话那边自是传来老爸孩子似开心的笑声……

　　到街上捡破烂儿，是老爸平生的一个习惯，也是他一大乐趣。

　　习惯总有沧桑的来路，老爸随祖辈闯关东在长春落脚，兵荒马乱的年代，赶上"困长春"，我爷饿死在自己家里，奶奶没流一滴眼泪，推开门头也不回，拉着我爸就往城外的县城跑，子弹和炮声中一路逃荒的记忆成为他后来给我们讲述那段往事的话头。及至前一段在河南与凤凰卫视学者型主持人邱震海先生邂逅，闲聊中听说我老家在长春，他问我龙应台在《大江大海1949》那本书中关于围困长春的惨烈描述是不是真实的，我一时语塞，她在书中的描述真实与否我无从评说，但我爷爷饿死在城内自己的家里，这事儿假不了，我奶奶与我爸冒着枪林弹雨，一路靠拾荒侥幸活了下来，也早成了自家的陈年老账，否则也就没有后来我爸和我妈的结合，以致后来我作为一个生命个体得以存在的出处。

然而这是一个不怎么讲出处，却矫情于讲初心的年代。

在一个恨不得把今天上午就当作历史的现实中国，仿佛比任何时候都功利和市侩，社会表象上看是从过去的一致性向多样化转变，实质上是从不同的方向与角度为物质财富的目标而肉搏，城市作为物质聚合最为集中的容器，一旦由一定的积累到消费达到相对饱和状态，伴随着生命价值的迷失，出现了对奢侈品的贪执与炫富的恶潮，我们的城市生活似乎陷入了两大误区，一是生活为给人看，另一种是看别人生活，但是人们终究发现有钱与有教养，或者获取财富与获得尊重并非合辙押韵，或者说根本就是两码事。

柯布西耶在《光辉的城市》中曾尖锐指出，奢侈品和那些臭名昭著的身外之物，汇成了毫无价值的潮流，而这些东西只不过是幻觉，我们希望通过它们向别人展示我们的生意有多成功，我们的品位有多别致，我们的生活有多体面，这些雪崩一般的新奇事物，正在把我们埋葬了去，我们必须根除那些为了满足我们贪婪占有欲的产品设计，抛弃无用的消费品，我们必须停止这方面的工业生产，将剩余生产力投入有创造力的工作，为建造一座城市。

然而，我们几乎毫不犹豫地重复演绎了一遍发达国家的错误。

资源上的过度生产与毫无节制的城市生活，制造出巨量的垃圾，也造就了何止数百万为垃圾而来城市谋生的拾荒者人群，他们因这垃圾与我们的城市交集在一起，并成为我们城市最边缘的部落，他们生命的每一天都在肮脏不堪的空间里忙碌，为能在城市里寻到可怜的立足之地而挣扎，他们唯一的希望就是像城里人一样过上体面的生活，能够坦然地走在大街上，得到别人的问候和问候别人，然而，在城市的现实生活中他们尚属异类，或者是被我们城市集体无意识忽略的一个群体，我们该如何面对这个可怜的群体？

在这个尘霾漫天、落叶缤纷的深秋中，我们的视线聚焦着拾荒者的人群……

动物的隐喻

那些年看央视《动物世界》看得实在太多了，场景与叙事在遗忘中叠加而模糊不清。时光如贼，我却怎么都不会忘记曾经看过的一部日本纪录影片《狐狸的故事》。情节大部分都还能拼凑得起来，尤其老狐狸毫不留情地把小狐狸赶出家门的桥段至今令人印象深刻，耳畔若隐若现着"大地，早上好"的主题音乐，那种特有的杰克·伦敦式的苍凉气息也随之弥漫开来，并在心头升腾出一股荒原生命意志的悲沉，那实在有一种摄人心魄的力量，而且挥之不去。

后来上了大学，学了电视摄影专业，作为其来有自的附会，就痴想着有朝一日也去拍一部《××的故事》的自然类纪录片，直到这个心愿差不多因适应环境而折磨得荡然无存的时候，我得到了一次可以用镜头记录"人与自然"主题的摄制机会。我知道对于一个80年代刚刚走出校门不久，就能离内心潜隐着的梦想这么近对我来说意味着什么，如同刚拿起枪的年轻猎人，那份忐忑甚而颤栗现时还记忆犹新，是的，那是我的梦想，即使有人狠狠踢上几脚也不会醒来的梦想。

然而其时，真正的野生动物大多已经消失了，即使在长白山原始森林，也很难寻到野生东北虎的踪迹了。后来朋友们建议我去拍科尔沁草原东部一个叫向海的湿地，那里有一个国家级自然保护区。我与我的团队在沼泽与苇荡的深处，搜索着鸟类的栖息地，鸟类最终是拍到了，一部纪录片作品也拍成了，还意外获得了一些俗世意义的荣誉，对我个人而言，除了圆了一场梦，其实也没怎么太在意，倒是素材中那组与主题无关、质感与锐度强烈的影像却总在意识流里涌现，那是我对准鸟巢近距离拍摄的一组镜头：鸟们惊恐又近绝望的神态，声嘶力竭到不惜用身体撞击镜头，我惊诧于它们对人类与生俱来的恐惧，那恐惧甚至随漫长的基因进化为一种极强的本能，一种借由恐惧进行反抗的本能！因为面对恶劣的生态环境，鸟们之于人类只有两种命运，在恐惧中被猎杀，或在恐惧中图存。

人类的领地随着城市不断扩张，动物世界被放逐在越来越小的地球角落。而作为例外，因由城市的发展，让一些动物适应了人类的城市生活，如果我名之为"动物的城市化"也并不足为奇，是的，动物的城市化，那些打不死的"小强"和立在北京城头依靠大量垃圾生存的乌鸦应该不算是孤证，更不用说城里人作为宠物豢养的"毛小孩"们了。

契诃夫说，大狗小狗都要叫，所有的狗都应该叫，就让它们用上帝给它们的声音叫。北大才子刀尔登也调侃，城里的狗都不是好欺负的，因为每条狗都领着一个人，高低惹不起。但是，我知道谁都不曾俯身探询猫狗的权利，以及与这些权利相对应的链系关系，就像我们也无法获知人们豢养这些动物各自微妙的动机，或者缘于每个人成长经历的偏好，或者缘于物质生活的安逸，再或者缘于他们对上下左右邻居的追随……

　　每念及此，不知为什么，我总会固执地想起多年前，我在向海野生湿地拍摄的那个鸟巢里鸟们惊恐的神情，愚钝中我似乎读出了几分同为脆弱的生者对安全抑或信任的极度渴望。

二零一五
2015

隐约乡路

史学家刘申宁先生，是我在深圳结识多年的朋友，闲暇之余常去他不算宽敞的书房里喝茶，听他讲些历史的"边角余料"，或者由着他变戏法一样，显摆着省吃俭用收藏的一些稀罕物，但每每提到他的一位朋友蒋庆，神情就立时俨然起来，从此知道有这样的一位蒋庆先生，盛年盛名之下，遽然告别商贾云集的城市，匿身于王阳明被贬谪的贵州龙场，自建阳明精舍，修学讲道，晴耕雨读凡二十几年。

后来应刘申宁先生之约，有幸在深圳一家宁波味道的小店，得与蒋庆先生晤面，那时我虽粗通文墨，但躬身大家之侧，惶恐于礼数上木讷的应对，竟忘记事先准备好向蒋庆先生讨教的"月印万川""龙场悟道"之类的问题，而蒋庆先生则只是一脸微笑的样子，只是倾听却很少讲话，多年以后记忆中也只有蒋庆先生一脸微笑的模样。

这些年进入所谓的"撕裂的中年"，我渐渐明白，其实我真正应该请教蒋庆先生的是一个价值悬疑的命题。想到鲁迅先生早年所言，来到这个世界的只有两种人，一种是来讨债的，一种是来还债的。或可以这样理解，一种是来许愿的，一种是来还愿的。加缪则一针见血直陈其所处的年代，只有两种生活，即一种是读报纸，另一种是通奸。

What goes around comes around，有翻译成"种豆得豆，种瓜得瓜"的，又有翻译成"一报还一报"的，像是莎翁笔下一部剧的剧名，但我还是比较喜欢"出来混，早晚是要还的"，译得够味儿。

比理性更深刻的是直觉，直觉中的直觉则如诗性般传神。

"归去来兮，田园将芜胡不归？既自以心为形役，奚惆怅而独悲？悟以往之不谏，知来者之可追，实迷途其未远，觉今是而昨非……"（《归去来兮辞》）平素向喜陶渊明的率性，上承魏晋之风，他的每一首诗都有走心的审美体验，且有"结庐在人境"的通感，甚至有穿透古今的现实关切。苏东坡视陶渊明为前世的良师益友，既好其诗，又慕其人，而苏子对陶渊明的评价也是令人拍案叫绝，"欲仕则仕，不以求之为嫌，欲隐则隐，不以去之为高，饥则扣门而乞食，饱则鸡黍以迎客，古今贤之，贵其真也"。

既贵且真，也才有后来"竹杖芒鞋轻胜马""一蓑烟雨任平生"的苏东坡。

文字的欢场，纸面的性情，一生的行止，迭代的传承。

一百年前，尼采曾预言后世所面临的心灵困境，当外在的世界变得越强大，人的自觉就会越来越渺小。在高度城市化的重围中，人们各自在自己的圈子里折腾，那些不易区分的昨天今天，抑或去岁今年，风扇一般高速旋转，人人貌似都是有约在先的赶场者，穿行在各自的路上，我们都是认认真真的人，却不怎么清楚我们为什么而认真。面对充满困顿的城市，有时我们渴望过宁静简单一如乡村般的生活，甚而一万次地在心头唤起田园生活的记忆，借以重构我们对未来生活的信心。

乡野依旧是原来的乡野，乡亲似乎也依然是原来的乡亲，日子变得比过去明显好了，手头也变得从没这么宽裕过，但是我们的心变了，我们的目光浑浊了，那些单纯的关系不在了，那些质朴的情感锈蚀了，利益与世故黏附了一切，甚至如一位朋友所说，菜没菜味儿了，人没人味儿了。我们心中的乡村图景被一种看不见的力量完美地颠覆了，隐约以至虚无的乡路上，仿佛传来张爱玲那穿越世纪的一声叹息，我们再也回不去了……

节日的彷徨

那是怎样的年代呢，在东北平原的小镇上，一样的季节，多雪的冬天，寒冷却搓着雪团的奔跑，笑声糅杂尖叫声的撒欢儿，赌定永不会被小伙伴发现的捉迷藏，冰雪世界里的追风少年。

那时天空和大地很近，星星像眼前的灯笼，稀落的鞭炮声燃起孩子们对过年的期盼，期盼有数不尽的鞭炮，和更多的压岁钱落入"扑满"，我们是鞭炮声中搂着"扑满"长大的孩子。

那时家很清贫，穷开心却是真的，万家灯火照耀着一样干净祥和的小院，开门就有蒸腾的水汽，圆融一种喜悦温暖的氛围，那时大人们都很忙，家家院落都有一个掘地三尺的菜窖，厨房里都置有一口积满酸菜的大缸，街坊邻居大多处成了叔叔大爷和阿姨奶奶，逢人张口问候一声，那被看作是给父母长脸的事儿，偶有吵架拌嘴的，大人们红着脸一走动，也就烟消云散了。

但是时间让一切都烟消云散了。

我曾经在工作多年后谋得余暇，回到东北那个赋予我十七年青葱岁时的小镇，记忆中的场景起底连根般拔掉了，我甚至一口气登上小南河畔的山顶，想要从小镇的制高点上，从全景的俯瞰中寻回故乡旧时的模样，哪怕是一点点轮廓也权充慰藉，但是事实让我彻底失望了，层层叠叠的楼房遮蔽了视线，再看不见碧绿的田野与茂密的树林，以及线条简洁的街道环绕着的一排排红瓦平房了，眼前完全是一个陌生的世界。哦，别忘了，小时候我还曾经在这座小山下挨过一波浑小子的胖揍，而此刻如果能让我哪怕看一眼出生地的老屋，和伴我一起疯长的幼儿园、学校、电影院，我情愿再挨一顿胖揍也值！然而这已然成为不可能了，恍惚间觉得这僵硬陌生的现实所在，隐含消解并对冲我在故乡存在的歹意，甚而无情到不为记忆留下任何的物证。

我独坐山间，以沉默，以失落，俯视几近干涸浑浊的小南河——那曾经浮盈我笑意、清澈见底的小南河，我的思绪沿河床远溯其源头的松花江上。去年的雪到哪儿去了？

"好像天上降临的声音，向我亲切召唤，即使我走遍天涯，总想念我的家……"（J.H.培恩）

"纵使你远远离开，到世上最寂寞之地，往后的岁月，它执着的声音，仍然会萦回在你的心里。"（里尔克）

传统与精神的断裂来得悄然而迅疾。其实和故土外在空间上看得到的变化相比，人们内心世界的变化更为急骤。泽鲁巴维尔说，我们知道，但是我们清楚地知道自己不该知道。人们最大的恐惧是变成"精神的孤儿"，但是作为"有情众生"的我们，永不为物质割裂或因时代颠覆的部分，正是在我们血脉里流动的情感，一个重情感尚礼仪的文化谱系从不曾脱落，我们的过去也有比现在更多的未来，我们精神的长相以及故土塑造的本真性情，包括生理上有记忆的胃和一方水土赋予的气质，无不成为我们影子一般的人格解码。

故土在，亲朋在。

君子因势而动，唯情怀不变。上个世纪初，辜鸿铭先生就在《中国人的精神》一书中写道，中国人的性格和中国文明有三大特征，即深沉、博大、纯朴，此外还加了灵敏。中国人过着一种心灵的生活，情感的生活，用心记忆的生活。

情感是一条缓缓流动的长河，譬如生活中的排队，窃以为若是为了重归故里，若是为了纾解人们现实的困顿，若是为了遵循人人认同的秩序，那么即便排往春天的队再长些，总应该是美好的吧，如此这般，权作我们一份节日的祝福。

给时间称重

必须得承认，虽说偶尔也能逞一时之勇，内心中无以言状的不安感，即使到了中年也未见消减，诚如身边一位饱学之友所言，思想的本质就是不安。深以为然并聊以自慰的同时，却终无法排遣恐机症的折磨，即便心理学家解释说，坐飞机多了也就适应了的说法，在我却是个例外，别说飞了多少里程，单就这些年于深圳的家与北京的工作两地之间，早已经往返飞出几张航空公司的金卡了，矫饰的淡定是另一种无厘头，还记得在一次聚会的酒席间，看着我傻笑迷离的样子，朋友刘春就调侃我是"二B青年快乐多"，呵呵，那个冬夜温暖又开心。

我这里说的不止于恐机症，而是恐惧之于记忆。

每每飞机一落地，所有旅途中的忧疑惊恐，那些散乱如电影拼接的片段意象，都不出几分钟就烟消云散了，回到惊魂初定的地面，那些之前几个小时的精神挣扎似乎没发生过一样，那些因为飞机颠簸吓出的冷汗，也自作迷思地归并为机舱的高温，迈出机舱的步子也猫一样优柔，我没有研究过潜意识中选择性记忆的问题，后来与许多朋友聊及此事，没想到大家也和我一样有同感，才知道自己并非隐藏在人间的异类，而且有一点可以肯定，遗忘或者被选择性忽略是内心对真实的抗拒，一种心理学上不敢直面承当的习得性自救，但这是为什么？

你永远叫不醒一个装睡的人。

我们成长经历中有太多的禁忌，排除文化心理因素，我们更多生活在国家记忆背景中，拿60年代的我们来说，我们成长记忆中有样板戏的唱腔，有革命者视死如归的影像，还有祖国山河一片红的色彩，那时国家记忆成为我们记忆的主体，我们在"东风吹战鼓擂"的革命幻象中沉醉，如果有情怀，那也是"阶级情海样深"，然而我们不得不说，我们丧失了对那个年代历史真相的记忆，我们有的只是"祖国新貌"式的专题喜报，影像记录中看不到普通人的日常生活，与生命个体真实的喜怒哀乐，政治选择性遗忘颠覆了历史真切的记忆，成为我们已逝年代永久的忧伤……

历史的苦难，只有在它被记忆的时候，才可能凝成走向明天的有力支点。有人劝索尔仁尼琴放弃《古拉格群岛》的写作，并说沉湎过去，你会失去一只眼。索尔仁尼琴马上回道，忘掉过去你会失掉两只眼。

记忆不但有维系生存、延续历史的作用，还和尊严道义等价值准则联系在一起，在暴力和邪恶过分强大，反抗已不可能或无济于事时，不甘凌辱的最后方式就是捍卫记忆。（徐友渔《记忆即生命》）

唤起记忆即唤起责任。（雅克·德里达《多义的记忆——为保罗·德曼而作》）

有一群人，叫纪录片人，有一颗心，叫纪录片的良心。

写这段文字时的此刻，不禁让我想起自己近三十年的纪录片专业经历，那些一路前行的同界朋友，彼此召唤中的默默关注，挥之不去的岁月与怀想。

而今超越文本书写时代——近百年的丘吉尔式的历史记忆，普鲁斯特的文学记忆，全新的影像记忆因应技术革命所带来的深刻变化，让更多的人拿起摄像机直面自己的生活，以个体记忆的方式抵抗制度性遗忘，缓释集体失忆的焦虑，那些生动的日常生活场景，纯粹质朴的镜头语言，传达出强烈的现实关切与时代想象。

是的，纪录片，城市心灵的影像，这就是本期封面主题的出发点。

我们以纪录片来为时间称重，因为时间比眼睛更能看清楚未来。

梦里不知身是客

因工作的关系，远离深圳的家，在京城蛰居，一晃近四个年头了。

一个人读读写写偶尔发呆，日子过得如在云端，回到现实却又如夫子所云："望之俨然，即之也温，听其言也厉。"一副古董级的醋坛德相。但我知道，每个异乡人的内心都燃有狂狷的炭火，所谓狂者必有所进取，狷者必有所不为，群英荟萃，我想也许这正是首善之府的魅力所在。即便PM2.5雾霾爆表，即便急景流年，一个个文化人构成的小圈子，却常欣于夜幕降临之际的雅集，尤其在某个寒冷的冬夜，抱团取暖，无醉不欢。我忝列其中，暗摆文化范儿。"世味年来薄似纱，谁令骑马客京华"，那大抵说的是宦游，而我辈既为稻粱谋，也只有既来之则安之吧。

去年底一向健康独立的家妻，在深圳单位的体检中却查出问题，一项细胞指标亟须活检，一时万分紧张，那段时间耳濡目染，传来许多熟人故旧不幸的消息，本就让我寝食难安中又平添焦虑，一种看不见的恐惧倏然迫近，想着这些年置身异乡，疏于对亲人的关心，伤感与愧疚不禁如双鬼拍门，摄人心魄。我一边忙着去外省催未结清的一个文化项目尾款，一边回深圳催她赶快去医院复检，医院方面在一个月内催问三四次，怀疑恶性变化占比的可能性，因为是朋友的关系所以说得就很直接，但因为种种原因直到春节前才排上活检日程，然后就等春节后的化验结果，再然后就是我们夫妻一起回到契阔有年的东北陪父母过春节，还商量好结果未出来前先不让家人朋友们知道。心理学中说，心理能够改变行为，反过来行为也能够改变心理，快乐装久了似乎也就变得快乐了。总之我们夫妻俩掩饰得很好，让双方家人以及长春的故旧没看出什么破绽，大家年过得都很开心，但我们彼此明白，内心的压力已快到了窒息的地步。不记得是在正月初几的一天早上，长春下了一场大雪，我和她决定出去踏雪，今年立春早，大雪落下来，地面开化又复结冰，雪落在冰面上形成很滑的路面，我们夫妻相偕着缓缓行走在很少见人的雪地上，在曾经那么熟悉的街道上我们竟然迷了路……

春节过后我们立刻返回深圳，化验结果出来了，无恶性肿瘤细胞，活检若干项目值基本正常，尚须定期复检，我们俩抱头痛哭一场。

我决定休一个小长假，在我们深圳的家陪她一段时间，平复那惊魂未定的心境。

楼上的装修又开工了，从早到晚的噪音凄厉作响，我们无奈只有选择尽可能少在家留守。

　　一天我敲开楼上的门，不是劝阻而是提出能否在工期内为我们订制一排小书架，放在入户门庭里，包工头报了价并很爽快地答应下来，从此楼上的噪音听起来就不那么刺耳了，我为自己的举措得意到不行，妻却说我是二到"上不封顶"。

　　一次和包工头聊天，知道他姓林，四十出头，已是三个孩子的父亲，老家梅州，他特意强调是叶帅的故乡，来深圳已经二十多年了，他似乎很满意他现在的生活。想到我们本期的封面主题，我问他周末都做些什么，他说送几个孩子去老师家补课，他说，我们两公婆没文化就认了，但是孩子们不行，他们将来要在深圳生存，就必须有文化才能站得住脚。

　　我无语，却悄悄把林工加入到我的微信朋友圈。

写在追逐的间歇

　　这些年想到年轻一词，都会不由自主地扭转椅子回头往身后看，身后水果摊一样色彩饱和光鲜的新同事。合影时候不知不觉就被居中，走在街上也多了些老字当头的称谓，仿佛我们变老的感觉是内外勾结的结果，即便在理发馆，偶尔让时髦的小师傅猜下年纪，那乖巧中讨好的回应，你都懒得去配合着圆场，问题是老却又不算太老，这就有种前不着村、后不着店的困窘，往年轻人堆里扎吧，受不了，往年纪大堆里扎吧，也不好受。

　　老之将至未可期，聊以怀旧得余歇，而怀旧与这个秒杀的物质时代又是多么格格不入！既然喜欢文字，再既然喜欢图像，喜欢一本本泛着墨香的书或者杂志，也就有了足够的兴趣去回味，去证明每个瞬间在回望中都比当时更加美好。

　　怀旧不为抵牾现实，相反可能成为我们面对现实的激励。人生毕竟是一个整体，每个生命都无法摆脱选择的命运，诚如诗人弗罗斯特所吟，我年轻的时候从不敢激进，因为担心那会使我年老时保守。

作家朋友祝勇发来微信，让我观看纪录片《第三极》和他在一个专业研讨会上的评论，从中我知道《第三极》是关于西藏人与自然的一部全新技术（4k超高清）影像纪录片作品。

西藏总是一个充满诱惑与想象的地方。

三十多年前，作为80年代早期定向分配的大学生，我来到东北一家省城电视台工作，很快就被体制内松散僵硬的氛围所黏附，日子消磨在固化采访模式之外的应酬里，曾经的专业理想没几年就在杯酒沉浮中稀释殆尽，那时候很怕老师同学们问起我在拍什么，静下来的时候不多，不是没想法，而是想法大多如风中的蛛网游丝，轻盈脆弱而稍纵即逝。也是这样5月的一天，我被通知选入赴青海、西藏的特别采访小组，开始长达半年多远离尘嚣的工作。

如今回想那段日子，如在眼前般触手可及。

马尼轮旋转，经幡在飘动，那雪山映衬着苍穹下的牦牛群，剪影一样匍匐在脑际的姜谷迪如冰川，长江的源头如乳汁一样的水滴……那是1987年一场罕见的高原大雪，那时我们正驻扎在长江源头海拔6000米以上的无人区，那个早晨我们从快要窒息中醒来，一人高的帐篷被深埋在大雪中，我们用双手奋力扒开帐篷门，却见天与地上下一白，牦牛驮着的辎重食品都一股脑儿不见了踪影，只剩下藏人向导老强巴缠在自己腕上的缰绳，和缰绳那头的一匹可怜的马，我们知道自己陷入了绝境。那么问题来了，有人提出要杀马充饥维持几日是几日，也就是活一天算一天，老强巴眼含泪水坚持要骑着马去寻回我们的牦牛和牦牛驮着的辎重食品，而留下来的所有人担心人马一去不归，空气凝结般严峻的时刻，同意老强巴意见的手还是艰难地一一举了起来……接下来的日子就是绝望与等待，一天、两天过去了，思维在加快，亲朋好友的幻象和辘辘饥肠高速交替切换闪回，心脏的跳动声像天边的鼓沉重而迫切，我真的会死吗？会的，德格藏经院的一位活佛说，饥渴而死还会堕入饿鬼道。

第三天昏沉中听到枪响，老强巴带着牦牛群回来了，我们得救了。

时间会改变一切，但是时间不会改变经历，后来生活中遇到过很多选择，我都会想到那个绝望与等待的场景，或许年轻的时候不觉得怎样，但我知道所有不同的经历都将成为内化自我不可忽视的力量，这大抵就是我想要对本期封面故事说的几句话。

空地上的风

我是小地方出来的人,小地方叫九台,在东北大城市长春的东北边,先是康熙帝设二十八个柳条边台,北数第九个台遂名之九台,后来九台从民国直至四九年后顺延为九台县,再后来又改为九台市,听说去年又划为九台区,隶属长春市。

其实九台历史上实在平庸,如其松花江平原的地势,波澜不惊而鲜有传奇轶事,既没有夹皮沟,也没有威虎山,只有一条名不见经传的饮马河在县城西默默流淌。我出生在九台县时期的60年代初,我自幼慧根如纸,开事儿更晚,整天跟屁虫一样,围着绿军装红袖标的哥哥姐姐们身后,看他们手捧红宝书跳忠字舞,奇怪,我总是把这种舞学成原地踏步走的样子。我最初对书香的记忆不是上小学时崭新的课本,而是街上宣传车伴随口号撒向人群的传单,我不知道人们为什么那么卖力地拼抢传单,而我虽对传单内容一无所知,记忆中却浓浓地留下油印的墨香。我用那些带着墨香的传单跟小伙伴们一起动手叠纸飞机,那份开心随着纸飞机在屋檐下滑行……

　　那真是一段疯狂的日子，大喇叭整天播送着最高指示，"深挖洞，广积粮，不称霸"。我们就跟大人们一起在各家院子里挖地道，幽深的防空洞总能勾起孩子们的好奇心，却对那时的严峻局势了然无心，我们只知道大人给我们提供了一个"玩战斗"的好地方，整天在小伙伴家不同的防空洞里爬来爬去，弄得满身满脸全是泥巴，挨顿胖揍也是无法省略的节目。

　　电影《地道战》挖通了与战争年代相仿的防空洞，也挖通了我们那波孩子的想象，我们整天游走在进攻与逃避的空间，就像电影中那句烂熟于心的台词："打一枪换一个地方"。伴随着成长我们似乎一直在潜意识层面寻找着类似的空间，一个不在乎光线却一定要可进可退的地方，一个可以安放掩藏自己的地方，但是成长本质上就意味着不安，即使我们长大成人，也难于摆脱进退取舍之间的闪避与徘徊，生命成为选择与被选择之间交互切换的场景。

　　后来因为专业的缘故，对那些视觉意义的特定空间场景一度着迷，比如意大利导演托纳托利心血之作《天堂影院》里，一个孩子和一个放电影的老人，依托一个小小的电影院，把爱与人性温暖的主题演绎得如醉如泣。又比如台湾导演杨德昌《牯岭街少年杀人事件》中的小花园，一场场青春残酷物语，在一个不起眼的小空间得到了淋漓尽致的诠释，我甚至怀疑每个人心中都有一个类似的小花园。

　　其实九台最有符号意义的地方，过去是现在依然是一中的运动场。它收藏并浓缩了这个小城最为丰富的历史事件，我不会忘记送堂兄"上山下乡"的大卡车正是从这个运动场出发的，我也不会忘记一次次批斗大会在这个运动场召开的情境，多少所谓"反革命分子"在这里被宣判并押赴刑场，我还记得当时的判词叫"不杀不足以平民愤"。历次大的政治运动波及我们县城的群众性集会，都几无例外地在这个只有四百米周长的空间里展开，这里成为我们县城社会生活不算太遥远的集体记忆。

1980年7月，我在这个运动场边的教室里参加了高考，从此离开了九台。

现在听说那个运动场还在，并且成为附近居民茶余饭后跳舞散步的地方。

横亘的时光

　　我很早就有一种自卑的心理暗示，自认是一个愚钝之辈，社会心理学中有一个归因理论，就是把成年人的行为习惯归因于少年成长时期的特定因素，我追问自己的出身，父母双亲都是极普通的人，也没什么太多的文化，加上我们兄弟姊妹多，所以家里日子过得离拮据总是很近。倒是邻居D君家就不同了，他是我的小学同班同学，他的父母可是不得了，要不是被打成了"右派"分子，人家北京师范大学中文系毕业的夫妻俩，怎么也不会跑到我们这个小县城来。那年月，家家日子虽然过得差不太多，但是朦胧中总感觉D君家和别人家的不同，比如他们家的杂物间里就藏了满满一屋子书。我平生学会讨好别人大概是始自D君那里的，很简单，只要他答应我去他家里翻书，我几乎什么都肯答应替他做。好在D君是一个很哥们儿又比我有教养的小伙伴，所以我们俩整天泡在一起，放了学都不讲话就直接往他们家的杂物间里扎，说实话很多书都看不懂，印象中我们俩对一摞摞的连环画和旧杂志发生了浓厚的兴趣，包括杂志上连载的侦探或悬疑小说。至今记得小屋角落里橱柜上积满灰尘的旧书，其中一捆那时早已停刊的《新观察》杂志被我们打开，杂志上连载着苏联小说《第三颗铜纽扣》，接着还发现一大箱《连环画报》合订本在旧书柜的顶层，这真是一个神奇的世界！我们十分痴迷地躲在光线昏暗狭窄的空间里，赶上冬天房间里不生火，冻得我们俩直跺脚也不肯离去。

　　大人们忙着应对已进入尾声的"运动"，当我们不存在一样，后来知道，他们那时正处在政治生活的倾轧与恐慌之中而自顾不暇，哪管两个孩子在杂物间里折腾。可是随着我们俩读的东西越来越多，就免不了在同学们面前嘚瑟一番，早忘记了早前发的毒誓。不久有几个玩得好的同学也要求到D君家里讨书看，拗不过同学三番五次纠缠，D君只得硬着头皮把大家领到那原本属于我们俩的神秘小屋，日子久了小屋的热闹引起了大人的注意，结果D君被父亲痛斥一顿，杂物间被上了一把大锁，我们的好日子也到此结束。但是我和D君的关系却拉得更近了，直到我们一起读完小学读高中，赶上恢复高考，我们分别到北京与南京两地读大学，那时我们还经常通信，谈读到的新书或是讲些见闻感受之类，再后来我们联系少了，再后来就中断了联系。很久以后听说他到日本留学去了，在东京帝国大学拿到博士学位后，在东京一家日本建筑师事务所谋得一份工作，娶了一位日本姑娘，这些也都只是听说。

　　一次因为探视父母，顺便去看望他的双亲，虽然得到了很好的安置，但是两位老人的身体却已变得非常糟糕，记得D君唯一的妹妹（我妹妹的同学）当时十分焦急，多次催哥哥回国省亲，但D君总是回信说无法脱身，后来知道他们的双亲很快就抱憾相继离世，D君却终没能回来看父母最后一眼……

这件事在我的记忆中，一度因为唏嘘之余的愤懑而挥之不去，而今这愤懑虽随时间的推移早已抚平，一个无法释怀的问题却一直悬置在我的眼前，尤其进入移动互联网时代的今天，这问题变得越发让人焦虑与困惑，我们该如何面对都市生活中日渐疏离的血缘或者亲情所构成的代际关系？

各就各位

可能因为多年从业纪录片的缘故，我习惯把事物从视觉的角度串起来看。

比如住在不同的居所里的人，所应该具有的不同身份与生活方式，他们的相貌和气质，他们的习惯和可能的行为，尽管在我的个人生活史中，充满了空间上几近封闭的大一统规定格局，这却反倒激发了我对记忆周而复始的问询。

那是一个集体与计划为主旨的年代，我们几乎忽略了居住空间之间的差异性，如果一定强调不同，也只是×××厂区宿舍，×××大院，或者铁南铁北与河东河西方位上的称谓，绝少提到某个具体的居所，更无法看到居住空间的细节描述，一样的外观和一样的内部结构，单位统一标准的分配制度，被固定在户口本上的人口，很少有什么选择，或者也根本没有什么选择的必要。那个特定时期最深刻的印象就是供给分配制度，户口本、粮食证、布票、肉票等等全部定量供应，记得当时有一句有名的口号是"发展经济，保障供给"。

　　我出生地是一个有几万人口的"泱泱"大县城，今天看来那不过是个放大了的村庄，最明显的特征就是熟人太多，姑且名之为熟人密集型社会，我们60年代的人就是在这样一个"革命大家庭"里，在街坊邻居祖宗三代都彼此烂熟的环境中长大。

　　集体和融入集体，是我们那个年代的必修课，没有人会脱离集体，否则就会被视为异端，陷于被排斥或孤立的境地，每个人都有一个默认的心理边界，就是既不能超越集体边界，也不能落伍于集体边界，集体中有发言权的人，同时一定是这个集体默认体系的捍卫者。

　　在我的印象中，那个年代最倒霉的人，应该就是被集体抛弃的人，成为恐怖的斗争的对象，那将是一场噩梦，幸而那只是不断闪回的记忆。

　　一个闷热的午后，我们在三里屯的编辑部敲定了本期封面故事。

　　故事主体是当下一个悄然发育、成长并趋于成熟的新群体，他们属于城市里的独居人群。说实话这个选题早已酝酿有时，只是不知一直在等待着什么，直到上一期关于都市代际关系的封面故事付梓，才让我们似乎找到了一种逻辑上的顺序与理由。作为一群不知疲倦的都市文化观察者，我们守望着城市行进中纷乱杳杂的身影，以及身影与身影间的关系，包括不同人际的归属与价值取向，尤其在城市化各种人群集聚一线超大城市的现场，我们早已注意到，独居生活正成为青年人的群体

性选择。我们盯着这群人如何进入职场并站住脚,如何打拼并
获得独居的生活空间,通过他们的消费等日常生活方式确定他
们的集体身份,我们发现和一般意义离群索居的生活不同,他
们的独居生活不是选择远离尘嚣,而是选择差不多是最繁华热
闹的地方,在拥挤而陌生中过自己独居的日子。美国著名学者
艾里克·克里南伯格说,独居的根源并非个人主义,而是现代
国家的繁荣,独居首先是一种能力,经济与财富能够负担得起
独居生活,独居生活的意义还在于以特立独行的态度,面对喧
嚣却陌生的城市。

就我个人看来,独居生活更是一种标志性事件的开始,代
表了一种由青涩走向成熟的宣示,就像运动场上一声各就各位
的发令枪后,一个群体人格的脚步开始向前奔跑。

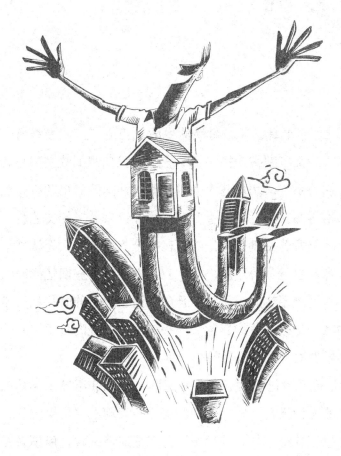

恶 之 花

　　我对那些把自己年轻时候的生活，当成"流淌着蜂蜜的日子"来写的文字常常抱持保留的态度，我在想那些文字与其真实经历的关系，又想那些作者做此蓄意铺陈的潜层动机，这些自然都不得知其究竟。至于所谓"痛并快乐着"的文艺腔，更像为读者煞费苦心制造的谄媚，在我个人看来却了无认知上的诚意，当然也就觉得不值一提。我甚而怀疑那些回忆拼凑的虚妄，那些浪漫不实的描绘，一旦和我清楚经历的时代相交错，立时油然一种被欺蒙的感觉，那些"阳光灿烂的日子"总嗅得出一种惶然的气息，或者就是一种深藏的恐惧。

　　不是说我自己的青春有什么问题，我既非不懂手淫是怎么回事儿的"假天真"，也不是经历多少坎坷的"装深沉"，我与青春也不曾结下什么"梁子"，但是对我来说，所谓青春总有说不清的窘迫，这颇似今天人们对诗人的评头品足，至少它们应该属于同一个相似的语境。总之青春一词之于我，实在是一个五味杂陈的东西，即使人到中年，一定让我搜肠刮肚地追寻自我的叙事，关于青春，我能感受得到的也全然是一种莫名的隐痛……

比如眼前就会随时弹窗一样跳出一幕场景，那是在我小学五年级的课堂上，我清楚地记得那天正在上语文课，我前排就座的一个男同学，因为与另一个男同学发生点儿口角摔门而去。差不多快要下课的时候，忽然十几个大我们很多的社会青年破门而入，有人在叫喊着那个显然摊上大事儿的同学的名字，接着十几个人一拥而上把那个倒霉的同学掀翻在地。先是用拳头然后是用脚，那个可怜的同学早已缩成了一团，先是哀号后就是呻吟，再然后就是奄奄一息，鲜血就顺着地砖的缝隙流淌着，但是那十几个人并没有收手的意思，尽管那同学早已昏死过去了。那些嗜血残暴的狰狞面目，虽然留下骇人的震慑，但过不了多久就随着时间的推移而模糊起来，倒是那个勾结十几个社会青年打同学的人，他当时一副志得意满的嘴脸，却永久定格在记忆中且历久弥新。

"苟活者在淡红的血色中，会依稀看见微茫的希望"。

但我无法自作聪明，面对青春之类的词句，微茫依旧而希望却还停留在依稀之间。

经历告诉我们，词语这东西可以有完全不同的诠释，却很难传达出不同者的真实经验，何况这些经验都有每个生命个体各自不同的发育成熟过程。扯得远点儿，这既像维特根斯坦不放过与自己进行终极清算的纠结，又像大岛渚导演的《青春残酷物语》中对年轻生命异化的无结果的追问，即使从暴力美学的角度观察，当下移动互联网视频的记录与传播，已经超越了我们曾经的单一文本表述方式，因而具有更大的负面冲击力。

狂暴不因时代的更迭而休止，青春之我们更像一个幻觉，即使如此，我们还是想尝试还原青春期个体经历中不该发生的事件，以及事件之间复杂的社会背景联系，然而时代毕竟变化得如此迅疾。这就是本期封面的主题，这个主题依然执行我们都市文化观察的使命，锁定特定的年轻群体，并从这个群体制造的暴力现象为切入点，截取从历史纵向到现实投射的真实样本，最大限度地唤起更多不同社会层面的良知，聚焦急景流年中的孩子们，我们想知道也想让更多的人知道：青春何以残酷，加害何以骇人！

我想，也许远不止这些。

落脚及其他

这个秋日的一个午后，让我抖落书架上的灰尘、打开加拿大同行道格·桑德斯《落脚城市》的理由很简单，看看那些涌入欧洲的叙利亚难民，那些被匈牙利警察像给狗投食一样落魄的场景，当然还有注定载入世界摄影史的一个画面：一个背对陆地面海而卧的叙利亚男孩儿的尸体。

道格·桑德斯在其著作《落脚城市》的自序中说，"这个时代的历史有一大部分都是由失根之人造就而成的"。我们无法甄别造成失根的理由，我们更关切那些失根人群中作为个体在现实中的命运，在道格·桑德斯的这部书中，就以中国城市化为书写起点，以直辖市重庆的边缘地带一个叫"六公里"的小村庄为剖面，因应就近超大体量城市经济的波及效应，使古老安宁的村庄一夜之间变为"城中村"，村里所有的土地都化为非农业用地，七十几户人家的小村庄，只十几年的工夫就成为二十几万人的聚集区。我尽管不完全同意道格·桑德斯对这类聚集区即"城中村"的定义，但对他田野式的都市观察却充满了敬意，其中对一群草根阶层的农民的细腻深刻的访谈，揭示了这块城市飞地上的人们从身份到内心的变化，比如他笔下的原住农民徐钦全早年就依靠在当地自然环境下挖草药为生，而现在那里是什么情况呢？他写道：

"通往山谷底部的幽静古径现在已经成了一条繁忙的街道，两旁是杂乱的房屋，沿街都是商店，有卖手机的、肉贩、冒着蒸汽飘散着呛辣香味的小吃店，还有卖衣服、卖工具、卖高速纺纱机的摊贩，热闹嘈杂，蜿蜒长达两公里……每一条巷道上都停放着不同规格的车辆：自行车、三轮助力车以及各种排量的小汽车。所有的空间都挤满了人，所有人都繁忙不已，而且举目所及完全看不到一丝绿意……"

但关于这些，我有自己的观察视角。

比如在我落脚近二十年的城市深圳，城中村就并非像道格·桑德斯所描述的重庆边缘地带的所谓飞地，深圳的城中村有不少就居于城市中心地带，比如蔡屋围，比如皇岗村，再比如新洲村等等不一而足，中心与边缘或许无关紧要，紧要的是在每一座城市发展的进程中，这些城中村担当了为城市孵化创造者的使命，有多少"以奋斗为本"的新移民在城中村落脚，并在这里栖息打拼成就了自己的梦想，完成了个体身份的转变。

行文至此，想到一个歌手，是那些年我做电视节目认识的小兄弟，他叫刘冲，好像是来自河南的小伙子，他给我讲过他刚来深圳时的经历，他说他不会忘记城中村的生活，那些艰难却充满梦想的日子，正是那些吃泡面、甚至睡露天、在十字街头放声歌唱的真实体验，让他唱响了《深南大道》。当然还有很多行艺于城市街角的人，他们成为落脚城市最顽强的群体。但并不是所有的城市都能敞开怀抱，接纳这些游走街头的艺人，他们在城市立交野蛮的切割中挣扎，在挣扎中寻找着自己的栖身之所，在被撕裂的市井生活中漂泊……

那是在几年前的一个冬夜，在北京团结湖附近一个地下过桥洞里，一群人在这里驻足，一个围着长围巾的年轻人抱着一把木吉他在歌唱，是汪峰的那首《存在》吧，风雪夹杂着那凄厉的声线至今在耳边回响：

"我该——如何——存在——？"

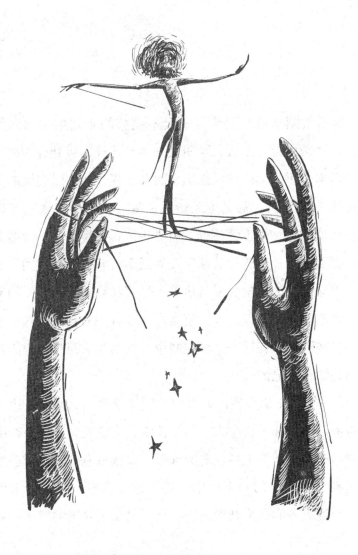

旧 天 堂

　　前不久刚从亚马逊淘了一套不完整的系列丛书《网络与书》，这是由台湾出版人郝明义先生与现代出版社合作推出的二十多本关于阅读的多元化图文叙事工程，丛书以阅读的热情与主张为出发点，郝先生还特意在每一本书的封底题写道："在阅读的森林里摸索前行，需要热情；在摸索中不致迷失方向，需要主张。"透过装帧别致的纸面，我似乎能听闻觉受到郝先生对阅读的那份真爱与执着，尽管我算不上一个好的阅读者，更不敢自夸为读书人，倒是对阅读有一份自己的热情与主张，也随时可以在这一话语空间中，捡到几块瓦片儿一样与阅读相关的个人记忆。

　　我虽不至于出身寒门，却也与所谓书香门第搭不上边儿，父母都是旧中国时代生人，除了识字并会说几句日语，新中国成立后也都还是要上扫盲班的水平。家族里最引以为自豪的，当属祖父在世时写一手好字，逢年过节常有人来家里求书门联，据说光备的红纸就摆满一堂桌。父辈虽喜读书写字，却碍于家境与战乱，大半辈子耗于养家糊口的生计，至于我少时喜欢读书，我想那大抵与那个年代好书匮乏有关。"文革"进入后半程的70年代初，在我们的小县城，只有一家图书馆，一家新华书店，翻来倒去就那几位革命作家的书，比如鲁迅侧面头像封面的作品能摆一面墙，剩下的就是浩然的《金光大道》等加上各种版本的八个样板戏，图书馆也大抵如此这般。同学间传看烂了的老书都属私藏货，比如四大名著都成了抢手的书，那是倒计时的阅读节奏，在约定的时限内如果看不完，不管多不情愿那也必须要还，因为还有下家同学或别的小伙伴儿在苦等着呢！记得有一次轮到我手里十几本老版《三国演义》连环画，约好第二天上学就还，可是到了午夜前，双亲大人"关灯令"下，还有两本没看完，怎么办？怕自己早晨不能早起，心一横偷偷坐在炕头不睡觉，呵呵，最终也真熬到天亮了，也不争气地倒头睡着了……

80年代初，考到京城上大学，那年何其芳图书馆开馆成为母校的一个精神事件。在当时还被称作北京广播学院的排球场边，一幢独立的灰色砖石结构的平房，前面是一片翠竹与丁香树相间，其后在核桃林与白杨树的交相掩映中，何其芳图书馆就那么安静地守望着我们。

记得当时图书馆的馆长是一位满头银发面容清癯的长者，好像是学院退休不久的老师，至今还记得他俨然却不失慈祥的神情。那时除了正常的课程，许多同学都选择在这里阅读，图书馆因而常常座无虚席，到了夏天你会听见窗外知了高亢的叫声。

　　图书馆内收藏有何其芳先生家人捐赠的私藏古籍图书、现代平装书35000余册，共9000余种，据说这些古籍大多是清代和民国时期的版本，而且还有少量的明刊本，珍贵自不待言。在阅读中随时能发现原书的主人何其芳先生的亲笔批注，那份亲切感随字迹与书香跃然而成独特的阅读体验，至今挥之不去。

　　你还去图书馆吗？

　　说实话，很惭愧，我已不记得上次去图书馆的时间，但我知道一定是很久以前的事了，能够聊以自慰的是，阅读于我已经成为一种习惯，就像习惯把外地的朋友总是领到我熟悉的书店，像广州的博尔赫斯书店，深圳的旧天堂书店……对了，好像博尔赫斯说过，天堂的模样应该像图书馆吧。

记忆如火

人一过了五十岁，就如同翻过了一座大山，上坡一面多是结伴而行，有说有笑，咋咋呼呼，而下坡一面多作鸟兽散，形单影只，少言寡语。回首来路，一如倒钩的对号般起伏蜿蜒而去，有时你会怀疑上坡的虚妄不实，有时你会想寻回那些笑声，和那些咋咋呼呼，明知徒劳却往复不已，于是就有了同乡会呀同学会呀诸如此类的聚会，想用交错的杯盏拼接残缺的记忆，"那时我们有梦，关于文学，关于爱情，关于穿越世界的旅行。如今我们深夜里饮酒，杯与杯碰在一起，都是梦破碎的声音。"（北岛《波兰来客》）

我知道，作为过来人，我们几乎每一颗心灵都有梦破碎的回声。

翻越年龄的大山，我的记忆总体上是温暖的，所经历的时代虽然幽暗坚硬，却不妨过着自己明快的日子，因为时代之于我，如同苍穹之于一只蚂蚁，一只无忧无虑的蚂蚁。作为一个微弱的生命存在，我很早就对黑色有了特别的认知，比如悬置于墙角内坐定八卦阵的黑蜘蛛，比如挖开土壤下的会旋动的蛹，比如鞭炮里层层糙纸包裹着的黑色火药，比如贴满我们街头的大字报，比如漂亮的女老师和她黑色的裙子……当然最不稀罕的还有取暖与炊食所必需的煤了，这东西乌黑而沉默，却能带来火焰与温暖，耳畔就时时响起诗人艾青在《煤的对话》中不停地呼唤："请给我以火，给我以火！"

星星之火可以燎原，这是我们最为经典的革命话语。

革命不是请客吃饭，但是革命也离不开柴米油盐，更离不开烧火做饭的煤呀。

多雪的冬天，我作为家里四个兄弟姐妹中的长子，过早担当起了家长助理的责任，一到寒冬腊月的星期天，我就领着妹妹去附近的工厂后院，从烧过的煤灰堆里挑拣那些没有燃尽的煤渣煤核，我们兄妹俩每次都能拣满两大筐黢黑的宝贝。还记得每次在回家路上必经的一个桥洞里，总不忘吐着哈气唱上一段《红灯记》，好像是李玉和的唱段："提篮小卖拾煤渣，担水劈柴也靠她，里里外外一把手，穷人的孩子早当家……"

那时候无所谓城市天际线，每一个城市兴旺发达的标志性建筑就是大烟筒，面包上的包装纸和所有的宣传画都离不开太阳、田野、麦穗、厂房，视点主体一定是喷着滚滚浓烟的大烟筒，代表着我们共和国的蒸蒸日上和无比的自豪！风驰电掣的运煤火车与高耸入云的烟筒构成我们那一时代的精神符号。直到改革开放后，我考上京城的一所大学，在去报到的列车上还在想北京除了有天安门和人民大会堂，一定还会有全国最多的大烟筒吧，事实上后来才知道北京未必有全国最多的大烟筒，但是一定有全国最多的蜂窝煤。

在北京读书的四年大学生活，除了偶尔去趟家在北京的同学那里蹭顿饭，周末常常就在老北京的胡同里瞎转，那时候的胡同里两边的四合院墙总能看见码得整齐的蜂窝煤，赶上做饭的当口，家家院子里都是热气腾腾的，好不热闹。我爱吃胡同口大妈们用蜂窝煤做出的"炒肝"，"炒肝"的味道很香很重，记忆里却总是夹杂着蜂窝煤的味道，多年后再去吃就怎么也吃不出那份香来了，和老板聊天，知道早就不用蜂窝煤了，现在的"炒肝"都是用煤气或者是电做的，我只是"哦"了一声，从此就再不去吃"炒肝"了。

二零一六
2016

漂泊与回归

　　整整三年了，相同的日子，多雪的冬天，三里屯南路，闹中取静的院落，两个裹着黑棉袄袖子，肩扛红缨枪的北方老农身披一层雪毡，执拗地守卫在编辑部不远的楼下。

　　那应该是个周末的午后，安静的写字楼楼道，手推车若火车头一样，隆隆作响地推到了门前，一个满脸通红的汉子抱着两捆沉重的纸箱，嗓音门槛一样低：杂志到了！《凤凰都市》创刊号，墨香在温暖的房间浮动，同仁们一脸惊喜的表情，杂志书页地翻阅之声，连同雪花在窗外翻飞的画面深深嵌入记忆，日子也这么刷刷地翻过了整整三年。来不及感叹时光，唏嘘命运，在这个传统媒体更为严峻的冬天，有人用尸横遍野来形容纸媒面临的困境，新媒体挤压下的生存空间越来越逼仄，聪明人早已完成平台转移，一些同行在密不透风的细分市场中摸索着渠道媒体的出路，而有的干脆就卷铺盖走人了，一个朋友的忠告犹音在耳，杂志没有权力与关系，那就是等死的节奏。三年来《凤凰都市》在风雨飘摇中苦苦支撑，如同荒原上的一朵野花，"一朵野花在荒原里开了又落，他看见春天，看不见自己的渺小，听惯风的温柔，听惯风的怒号，就连他自己的梦也容易忘掉。"（陈梦家）但我们没有忘记初衷，没忘记来时的路。

办杂志早已不是一种机会，却是一种选择，一份以纸媒方式对城市文化的守望，只是需要有一个说服自己甘于守望的理由。这是一个由错误构成的正确抉择，在城市化人群躁动的视野里，我们立定重心于民间草根阶层这个"沉默的大多数"，因为我们更相信"城市是由无根之人创造出来的"，要知道亚里士多德终其一生，为城邦贡献了多少思想智慧，却无法成为雅典的公民，而在两千多年后的今天，因为户籍制度的缠缚，在中国又有多少人饱尝"制度性羞辱"，同时丧失对他们所栖居城市的归属！作为城市文化的观察者，在纷繁多变的都市时空，我们没有在钢筋水泥与玻璃幕墙中迷失，我们宁愿选择粗糙的地面，真实表达人与城市的现实关切，当权力成为与建筑比肩的海拔，何以确立每个生命个体的尊严，何以实现城市价值的最大化，相较于看得见的公共社区、道路交通，我们更关注一座看不见的城市，我们试图触摸城市心跳的节律，呈现城市原本该有的风尚与精神，我们将最大限度地记录布罗代尔式平民的日常生活，重叙个体的创造力与社会激励的多维关系，而不随波逐流于所谓学术定义与城市规划理论。

英国社会学家安东尼·吉登斯在《社会的构成》一书中指出，我们在受制约中创造了一个制约我们的世界。写这段文字的时候，我们正悄然迈进2016年的门槛，天气预报PM2.5又将迎来一个血色的峰值，城市过度发展招致系统性的失控，表象是环境的极度恶化，深层却是文化主体的虚无与丧失，城市发展或扩张的动力与边界在哪里？我们面临的是唯一的选择还是正确的选择？

我们在物质的苍海中漂流，我们纵有智慧却无往不承受精神的囚禁与流放，我们一直就没有摆脱与奥德修斯一样漂泊与回归的宿命。我们强调回归，是因为城市不管多么喧嚣，人们的血液里却总有一个无法驱逐的故乡，这个故乡远离末世娱乐的大众狂欢，商业社会的利益崇拜，消费时代的肆虐冲击，以及奢侈享乐的名利场，其实这个故乡就在我们每个人的心中，它单纯而明快，平和而简单，温暖而真挚，如同我们微信中的常用词句，比如下班回家，回家吃饭……也许远不止这些。

深圳是条河

其实接触深港城市\建筑双城双年展是十年前的事儿了，那时我正在深圳卫视和几个电视伙夫不分昼夜地忙着炒作一档全国规模的模仿秀，而且做着直播倒计时的准备工作。那段时间的某一天下午，时任深圳雕塑院院长的孙振华老师约我，我忙里偷闲匆匆赶到好像落成不久的规划大厦，稀里糊涂混入了首届双年展的筹备工作会议，从此后竟与此结下了不解之缘。

所谓不解之缘是指结识了许多另类朋友，我知道他们是和我属于不同水域的鱼，且本非如我一样的池中之物，比如有着美国留学背景的建筑设计师刘晓都先生，香蜜湖中央区域的规划大厦正是出自他的手笔，后来我曾因工作关系无数次踏访规划大厦，并为这座原色水泥柱廊与落地玻璃体结构的空间所吸引，其实更大的吸引是建筑体周边的水以及水底的各色卵石，还有作为建筑主体延伸部分的斜面草坪与树木的分布……

我记得有一届的策展人是欧宁，一个总是留个寸头眼睛很安详专注的人，起先我曾慕名参加过他在何香凝美术馆主持的

"缘影会"，听同样留着寸头的新锐导演娄烨侃他的电影哲学，后来就是跑到北京沙滩三联书店买他主编的《天南》纯文学杂志，一直买到这份杂志停刊为止。另一个参与过双年展的哥们儿是朱文，我们经当时的晶报创始老总陈寅兄介绍认识，像一见如故的老朋友。其实我更早认识朱文是通过他早年的小说，比如《因为孤独》《弟弟的演奏》，还有《人民到底需不需要桑拿》，那是90年代的中国文青们炙手可热的纸质文学作品。印象中的朱文极精明睿智，酒量酒德酒风俱佳，口头禅大概是"我就是一个烧锅炉的"，我由衷喜欢这哥们儿一脸举重若轻的劲儿，我在想是不是和他大学学动力学有什么关系，那种执拗与坚守一经落在纸面上，立马就折射出作者自己刀刻般的人格之痕，后来听说他拍了多部电影，最有名的是他自编自导的电影《海鲜》，据说还获得了威尼斯电影节大奖，多年后再见到朱文是他携电影《云的南方》来深圳保利剧院首映，我躬逢其盛并为他在语言歧义间营造的视觉效果所叹服。

这几年策展人中洋面孔也越来越多了，其中有一位叫马立安的美国社会学家，她不但在深圳大学任教，还选择在深圳定居下来，而且一待就是二十年，她称自己是地地道道的老深圳，你很难相信她对深圳前世今生的了解程度，她在深圳的社会调查更多集中在水围与上下沙等七个城中村，她说她要为这个城市高速发展经济体上分割出来的一个个"孤岛"建立链系关系，从原住民迁徙的方向、城市语言的识别中描绘城市新的谱系，唤起人们关注这些被忽视的空间与被漠视的人群。

双年展头几届的规模影响虽没有今天这么大，却不乏创意上的惊人之举。

记得在某一年的讨论会上，有人提出要以市民中心的台阶以及下沉回廊作为双年展的主展场地，我当时惊为天人之语，要知道所谓市民中心就是深圳市政府所在地，然而这一切都如愿付诸了现实。就像上届的废弃的玻璃厂，本届的蛇口大成面粉厂工业旧址的主展场地选择，无不表现出深港城市\建筑双城双年展独到的价值取向，最大限度地表达了城市记忆与都市想象。

怎么说呢，深圳就是一个这样的地方，它不停地奔行，有可能混浊，也有可能洄流，但是它融合一切，而且一往无前，深圳就是一条河……

何枝可依

没有多少人在乎一只鸟在天空的去向，也不用担心鸟会在天空迷失，找不到它们的栖身之所，但事实上天空就像一面镜子，折射出鸟类和我们人类一样的生存困境。

在我所学贫乏的野生鸟类知识中，有那么一些断断续续不连贯的认知，比如一次对于鸟类迁徙线路的追踪经历，那时为拍摄一部野生濒绝鸟类物种，我曾和一位鸟类专家循霍林河与额穆泰河，横穿科尔沁草原湿地，开着一辆超龄的老212吉普，颠簸了那年整个一个旱季，先不说人被折腾成什么样，却连我们追拍的目标——草原最大的鸟类"大鸨"族群的一根羽毛也没见到，后来就在我们几乎疲惫加沮丧到要放弃时，在接近中蒙边境的乌兰河谷，我们终于发现了它们，一对"大鸨"在血色夕阳中翩然隐去……

同行的鸟类专家告诉我，这些年整个草原生态环境变化太大了，河流越来越干涸，湿地也不断地在萎缩，鸟类的栖息地不得不在困窘的空间中仓皇迁徙。

其实城市里的鸟类命运也好不到哪儿去，大量的绿地被密集的高楼大厦挤压占领，高架桥把河流覆遮得密不透风，街道两边的人工树木稀落如中年人的发际，往来的车流拥塞不堪并传播着喧嚣的噪音……城市栖息的鸟类更大的灾难远不止这些，据统计每年有上亿的鸟类死于与城市摩天楼玻璃幕墙体的撞击，这是因为玻璃体强光辐射，没有给鸟类在飞行中提供应急的紫外线反射信号。还有依存于城市海岸、河口捕食的鸟类，受重金属等高强度污染造成死亡的更是不计其数。

不计其数的还有城里成片被强拆的房子，不管房子的主人有多么不情愿，所有的房子都逃不过被拆迁洪流裹挟的命运，甚至连废墟都来不及多看一眼，新的建筑群就在地基的打桩声中噌噌蹿上云端。经济学家张维迎先生这样反思道：为了经济增长，就要搞大规模的建设，要修路、盖房子、建商场，所以就会有拆迁，这个拆迁就是正当的，至于用什么样的方式拆迁就无关紧要了，我们甚至可以用野蛮的手段来拆迁，造成了很多人的不幸，美其名曰为了国家的经济发展，但仔细想一下，即使我们的目的是对的，能以这样的目的来证明我们在拆迁中的所作所为都是正当的吗？

城市不光在地理空间上迅猛膨胀，城市人口也在以百万计的年净流量不断从乡村涌来，记忆中的村庄不见了，充满田间劳绩和丰收喜悦的日子消逝了，哺育我们古老文明的母体衰亡了。城市不仅掠夺了乡村从人力到土地的资源，更抽筋一样抽离了乡村的文化，从而彻底摧毁了乡村的信心。

我们越来越无法确定城市与乡村的关系，就如同无法确认不断扩张推移的城市边界。

《华尔街日报》前记者张彤禾在《工厂女孩》一书中这样描述她眼中的南方城市：看看这些没有红绿灯的十车道，这座城市是给机器修的，不是给人建的，夜深了，工厂里还是灯火通明，每一家都在加班，这是机器人的国度，没有记忆之城。

记忆总是弥足珍贵的，尤其个体城市记忆，因为它永远无法被替代与复制。

前些日子几位来京出差的朋友，在东三环一处名叫"老金涮肉"的小店聚会，酒喝到兴头上，一哥们儿说北京太大太闹得慌，他说有空让我领他到北京的郊外去走走，我一时语塞没答上腔，是哦，现如今北京的郊外在哪儿呢？

邻家叙事

生活中有些决定和抉择看似是自己的事儿，却在不经意中影响了我们身边许多人。

我在朋友圈喝大了的一次，冒出过一句犯晕的话，我自己不以为然，却被这帮哥们儿给记个扎实，"命运其实就是你身边的人"，这并不是什么惊世骇俗之语，我还怀疑那不是我的原创，或许在哪儿读到听到就充作酒话，不得而知，也懒得考证，总之兄弟们觉得这话在理儿，我也就配合着受用的样子。但独自想想这话可能也是其来有自，似乎流露了个人成长经历的某些印记，如埃尔文·薛定谔所言，"一个人的经验和记忆的总和构成了全然有别于他人的一个单元"，但事实上我们并非一个独立的单元，你可以说这个世界离开谁地球都照样转，但是作为不可置换的单元，每一个生命个体都存在着超乎想象的相互关联。在构成社会细胞的家庭中，漫长的人类文明史确定了我们的伦理关系，父子兄弟是天伦，夫妇朋友邻家是人伦，天伦不可改变，人伦则可以由人来自由选择，但这只是学理上的判断，谁料人世纷纭多梦，求学谋生总要远离故土，异乡人常在自我放逐的路上，如列子慨叹"有人去乡土，游于四方而不归者，世谓之为狂荡人也"。

我自不敢言狂荡，涉世也不可谓深，不过是一个80年代普通的过来人，如果说还算有点经历，应该是我人到中年的一次选择，让我一径斩断了从前几乎所有的亲密关系，远离了赋予我母体文化熟悉的地理疆域，同样因为我的迁徙跨度，让我那年迈的父母双亲在东北与深圳之间过起了候鸟生活。抛开气候水土方面的适应过程，每次父母飞来深圳都对这座年轻的移民城市赞不绝口，而且每一年深圳的变化都会给他们带来许多新鲜感，应了一位早我来深几年的老师兄说过的话，这个城市总会不负你对它的期待，总能让你体会和分享它的惊喜，这也正是深圳的魅力所在，一个诗人说，它永远不是什么，但它永远在成为着什么。

即便如此，每次父母来深圳过不了多少日子，都会悄悄背着我暗自商定回程的时间，老爸还在挂历每一日的空格里画上记号，并有意无意间试探我的反应，起初这让我非常不解以至恼火，既然深圳这么好那你们为什么没待几个月就惦记着回去呢？后来我和妻子商量尽可能多陪一下两位老人，并最大限度利用工作之余的闲暇，在深圳的山海之间带他们卖力地游走，直到有一次无意间听他们议论故乡的老街坊邻居，这才让我如梦初醒，他们虽然知道儿子的家就是自己的家，但是这里与他们而言是一个全然陌生的环境，除了我们单一的血缘亲情关系，再没有其他熟悉的人，当然不存在故乡小镇熟悉的邻家，也没有随便敲开邻家门这回事儿，更没有那些串门儿闲聊而分享的快乐时光，我知道这些是深圳永远也无法给他们的，甚至这些似乎也不该和这座城市扯上什么关系。

　　然而只要我能从事物场中抽身，守望在向北的窗前发呆的一刻，眼前总能浮现出记忆远方那故乡的情境，那片熟悉的红瓦平房拼接起左邻右居的街角轮廓，那些挥之不去的老面孔，人们在缓慢的生活节奏里跃动，像一段老黑白胶片上的剪影，他们走在街上互相打着招呼并开着粗野的玩笑……好像谁说过了的，人们向往过上美好的生活，而美好的生活就是体面的生活，也就是走在街上人们互相微笑并彼此打着招呼。

且听风吟

写下这个题目，就想起早年翻过的同题小说，那是日本老"文青"村上春树的手笔，现今能记得的就是作家写了自己21岁时的一段经历，比如与死党厮混喝大酒侃文学飙车云云，直至作者从身边亲人的病故，体味到生死以及内心成长的焦虑与彷徨。

借村上的眼睛，一望可知岛国"二战"后日本青年的精神全景，也同样反衬出生于六七十年代的我，和我所处迥异生态下的困窘，真是应了小说中引用尼采的不朽炼句：白色之光，岂知夜色之深。其实译白点儿更好，就是白天不懂夜的黑。

之所以把21岁记得那么清楚，是因为想到了我的21岁。

那是1984年的夏天，我从北京的一所高校毕业后，随即被分配到老家省城工作，专业所能提供的就业机会，很快成为一种慵懒和无聊的消耗，起初我倒是很能适应这种混日子的感觉，不失为彻底告别校园的解放，不久同事间胡传的绯闻，办公桌上打牌的呼啸，被呛出眼泪的香烟如此种种……想起加缪说过的话，有两种生活：一种是看报纸，一种是通奸。现实虽不至如此，但现实给了我如此的想象。很快我还发现，表面上的合群并不意味着和大家融为了一体，尤其学业塑造的自我浓度，很容易使自己陷入孤立并与群体分离。很快敏感的神经暗示我，似乎正在成为加缪小说《局外人》中的默尔索，飘浮在原本属于自己的座位之外，和现实貌合神离且极不搭调。人情世故方面的笨拙，让我深感融入群体过程的艰辛，有时候觉得比挨顿揍还难受，我开始一边学抽烟一边读德·昆西的《瘾君子自白》，一边打着牌一边和大伙儿去夜店喝酒，很快我就发现，酒桌一如牌桌般形同看不见的江湖，酒量在一个特定群体的分量，意味着雄性的、可支配性的、话语权力的一种标志，僵硬紧张的表情与群体氛围随着酒量的放开变得随性轻松，很快粗口与笑声就让一切消解了。后来一位朋友总结得好，酒这东西既能迷失本性又能寻回本性。

那时候真是三天一大醉，五天一小醉，虽少有"现场直播"，喝到断片儿也是常事儿。

就像人们讲烂了的那个段子一样，蝙蝠妈收留的小老鼠整天和蝙蝠兄弟操练飞行，直摔到鼻青脸肿也不肯停下来，我发现我正是那只不幸的老鼠，东北人称作"二虎"的，就是傻啦吧唧的意思。生逢烟搭话酒搭桥的年代，求人办事建立交往没有不抽烟喝酒的，说来惭愧，抽烟到底没学会，酒不停地喝高也终没练出个好酒量，不得不寻找心理学的归因理论，比如遗传基因血型之类的，倒是日子久了，人缘混得也还算不错，想想跟抽烟喝酒也没多大关系，呵呵。

　　时移境迁，一转眼已知天命，仿佛到了耽于安静的年纪，平素就常喜欢宅在家里，做局喝酒的场合明显在减少，喝茶的习惯倒是日久成癖。聚若群英会，散如满天星。如今亲朋故友大多天各一方，微信圈里寒暄调侃之余多是在晒一天走了多少步，我虽非暴走一族却不吝点赞，我借此想到城市多维度观察的可能性，这就引出了本期封面故事的基本轮廓，毕竟城市不仅是用来单向居住的容器，它本该成为适宜行走的友好空间，拥有更多便于步行的路径和与之相匹配的生态环境，现实却是密不透风的建筑与不断叠加的高架桥阻断了人们在大地上自由行走的愿望，然而步行正悄然成为越来越多的城市人群的需求，我不会提为什么会这样的傻问题，也不会在此短文里做过多解释，好像皮埃尔·苏拉热说过，是我发现的东西让我明白，我所需要寻找的是什么。

眼泪的上游

春天早逝，夏日常晴。

这是一个阳光充足锐利的日子，一个汗水与雨水双重浸漫的日子，也是所有生命成长发育的绚烂岁时，即使生命不以季节的更替规定生老病死，却蕴含着生机勃发与盛极而衰的昭示。在这样的时节忽然想起沃尔特·本雅明，在我看来他更像一位体察精微的诗人，比如他说"胖人在夏天较显眼，瘦人在冬天尤为引人注意"，问题是在胖瘦的身体之外，我们却很难窥见一个人的精神模样。在他同一本经典著作《单向街》中，他还写到"一场宴会是如何进行的，散场后留下来的人从茶杯和菜盘、酒杯和食物的样子一眼就可以看出来"。我想象着那个百年前工业化初始的时代，物化城市如摩天楼与烟囱一样崛起，人的精神天空却无往不阴云密布，同时代的弗洛伊德精神分析理论，成为人们在失衡中寻回精神抚慰的罗盘，并由此而趋之若鹜。而本雅明却更想独辟蹊径，他从城市的公共空间变化与个体日常行为的价值判断，试图梳理时代变化的脉络。比如他通过机械复制技术的发明敏感地察觉到其对人类自身认知方式的颠覆，并大胆预言艺术的权利将从殿堂消解为江湖。

和今天相比，应该说本雅明的时代总体上是单向而清晰的，如同"单向街"一样，社会关系以产业集聚的城市为中心，即使"书籍和妓女都能被带上床"，却未必人人都能成为艺术家，蒸汽机与电能催生的高度组织化与系统化，以工厂与公司的面目集结起强大的社会群体，产业工人成为城市驱动繁荣的支点，技术的发明创造巨大社会财富的同时，也创造了贾雷德·戴蒙德在《枪炮、病菌与钢铁》中所描述的不平等与无尽的苦难，小时候看过的老纪录片里，总有一边是资本家把卖不出去的牛奶倒进河里、一边是饿死在街头的儿童的镜头。

扯得这么远，是为了更有对比性地表达我们对当下城市心灵的关切，记得一位学者曾经从历史语境描述道，19世纪是传染病的时代，20世纪是躯体疾病的时代，21世纪则进入了精神病的时代。一百年后互联网＋的今天，后工业化时代所呈现的去组织化，与无边界的社会交往沟通方式却是空前的多变与复杂，当速度与虚拟技术成为我们城市的驱动器，过度发展的代价不止于环境与资源的透支，更是城市主体精神的迷失。超体城市制造了异乡人的同时，也制造了越来越多的陌生人。对城市的无法认同与归属感的不确定，让社会群体产生先于繁荣表象的精神陷落，僵硬刻板的城市空间对应的是紧张焦虑的城市人群，这是一个缺乏存在感的人群，越是喧闹越是孤独与彷徨。丧失物理距离的手机移动互联网，让我们沉迷于微化虚拟的自媒体社交生活方式，"到处是海水，却没有一滴可以喝"，到处是粉丝却没有一个可以说点心里话的朋友，弄不好还会被拍砖到头破血流，一个微博大V抱怨说。

然而在另一个平台，濒于遗忘的边缘，人人却似乎成了朋友，包括多年不联系的旧时同乡同学，但是时间一长你会发现我们彼此不过是"熟悉的陌生人"，除了习惯性点赞，此外一无所获，一个混在多个微信朋友圈的哥们儿感叹道。我们表象上是一个透明的人，却分明处于一个密不透风的循环管道格局中，我身边的一个朋友就曾经跟我说，知道什么时候最可怕吗？就是当你感到不被这座城市所需要的时候。我注视着他说这句话时的表情，一如他身后这座城市的表情。

脑子一溜号就想起苏格拉底的一句话，我们需要的越少越近似神。

白纸黑字

从北京凤凰传媒中心的编辑室到我居家深圳的书房，整个夏天仿佛都沉浸在多雨的天气，此刻我望着因潮湿而散发出淡淡霉味的书架发呆，想起沃尔特·本雅明曾说的，书籍各有命运，其实整个纸质媒介也都面临不同的命运。

纸原为记忆而生，从结绳、竹简到羊皮书，直至蔡伦时代以降，文字终止了漂泊，找到了以纸为家的归属，就像草木以土壤为家，就像船漂浮在水上才叫船一样，发明一经使工具变成常态，就很难想象若然失去的假定。曾经的亚细亚牌煤油灯，为爱迪生的电灯泡所取代，从前我们随身必备一支笔，现在被一部如影随形的手机取代，唯有纸质媒介历千古迭代不绝，纸的前生今世投射了人的文明轨迹，纸之于生命个体有着更丰富的解读价值，这是个体记忆的不可复制与替代性决定的。

这个理由不禁让我想起自己与纸的那些鸡零狗碎的残缺印记。

纸于我，最初是故乡老房子里，那些糊在墙面与棚顶上的旧报纸，字呢就是旧报纸上的字，醒目的报头和同样醒目的标题，那些粗壮的黑体字对童蒙时期的我了无兴趣，除非某个字上落着一个搓着前爪俯视我的苍蝇，此外我的注意力还停留在被老鼠嗑出漏洞的地方，听着老鼠从薄薄的纸棚上折返跑，就似乎有一份老鼠会从漏洞里掉落在我头上的担心，纸与字就这样带着轻薄与杂糅其间的不测停留在记忆的末端。

直到上小学，开始读书写字用铅笔写作业，字要从一笔一画开始写起，直到写满一篇篇方格纸，很快问题就出来了，不知为何我竟然养成用左手写字的习惯，而且一写就到三年级，这成为那个年代的小不幸，很快有好事的同学就向老师打了我的小报告，至今记得那个女老师先是惊叫了一声，好像在教室里发现个老鼠，接着就是对我电闪雷鸣般的一通批斗，我的笔记本立时被泪水泡成了纸浆，脑袋涨得像黑板一样大，耻感灌溉着恣肆而生的自我意识。

写字很快就被校正为右手，但另一个和写字有关的事件发生在我们班里。

那一天放学刚回家吃完晚饭，突然学校通知所有同学马上返校，说是有紧急事情宣布。我们匆忙摸黑到了学校，以班为单位在运动场上集合，魏姓校长严肃地宣布说，学校男厕所发现了反动标语，并希望同学们提供线索，揭发这个"反革命分子"，我们被封闭在教室里按要求每个人写一页纸的文字交给老师，接着就在教室里等消息，很快就到了深夜，老师怕同学们睡着了就让大家不停地唱革命歌曲，快要把革命歌曲唱成摇篮曲的时候，教室的门哐当一声被推开，进来几个校保卫科的人，把我们班一个冯姓同学带走了，后来听说是这位同学蹲坑无聊，在茅坑口的木板上用粉笔头写了反动标语，还把自己的鞋轮廓画在上边……几年后冯姓同学被放了出来，一脸愧生人世的样子不说还变成了结巴，有同学拿他的结巴寻开心，"鱼儿离不开……啊就离不开……开水"，然后就是一阵怪诞淫荡的笑，冯姓同学只是低头溜走，留下记忆中壁虎一样瘦小透明的背影。

到了中学，开始到处找书读，却找不到几本像样的书，倒是芮成刚他爹写的《新来的小石柱》算是其中上乘之作了。

恢复高考的第三年，我离开待了十七年的县城，说来奇怪，记忆最深的不是京城母校的录取通知书，而是母校随信寄来的两个用来托运大件行李的纸质标签，上面还打孔缠着钢丝，这似乎说明记忆是有选择的，无意识记忆也应该算是一种选择吧。

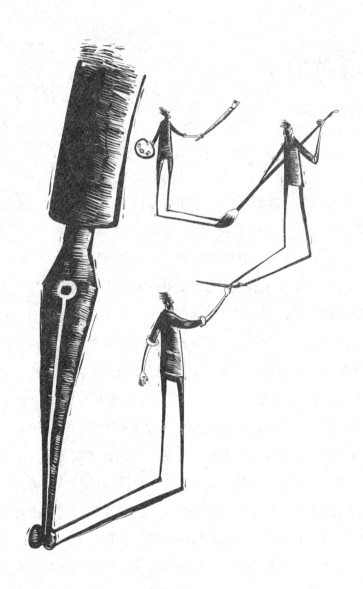

锈色时光

　　和我第一次访美的皮毛印象相比，最近的这次美国之旅也不过就是多了一些皮毛。

　　如果一定要掰扯出点儿什么不同来，还得从季节的差异说起，上次是几年前新年过后的寒冬腊月，而这次却是环球同此凉热的夏天，别小看这季节的不同，夏天总能让我们更看清楚一个地方的人和环境，我甚至固执地认为夏天才是我们这个星球的本来面目，何况露出事业线性感微笑的美女总比包着厚棉服吐着白气儿的山姆大叔入眼，包括夏日里加州阳光下的沙滩，夕阳里北美地平线上加拿大雁飞翔的剪影……但是和随处可见的松鼠和萤火虫相比，我更想知道普通的美国人，不是擦肩而过打打招呼那种，眼前不断浮现由netflix公司拍摄的电视剧《绝命毒师》中的桥段，甚至以剧情想象着它应该发生的现实场景，我没工夫琢磨何以一个视频网站拍的一部戏，在美国产生那么大的轰动效应，既然到了美国我明知愚蠢却不由自主地在脑际拼接这部戏与真实场景的联系，这听起来很可笑，可见我对这部戏着迷的程度。比如我就在一个夜晚冒失地跑到了洛杉矶downtown，在遍布流浪汉的街区穿行，尽管心有恐惧，尽管朋友们听说了直摇头，我还是为一些小收获觉得值，比如我就在一小块空地上停了下来，发现一个年纪不算太老的乞丐颓然坐在地上，他面前的摊子有两块长条粗布面料，在布料的顶端也就是乞丐的脚边处写着：Who will you vote for？（你要把票投给谁？）然后中间画了条实在不够直的直线，左边写着希拉里，右边写着特朗普的字样，直线的两边落满了硬币，我不用数也一眼看得出来，特朗普名下的硬币比希拉里的多了不少，而且硬币的面额似乎也大一些，我虽不敢停留太久，却为这聪明的乞丐心生怒赞。

我知道自己不是为了赞美美国的乞丐或者为研究美国的影视剧而来，按照我们这次往返行程的目标，其实主要是美国东北部的密歇根州的安娜堡，也就是儿子留学的地方，实际上我们夫妻这次来美国是为了探亲，也是我们三口之家难得的一次小团圆。儿子虽是理工男，谈起这个州的人文自然却也还算上路，但是当我们谈到地缘经济与城市问题时却产生了不同的看法，尤其对这个州的首府底特律，我们好像还小有争论，我的观点并不新鲜，基本看法就是底特律已经从繁荣堕入衰败，代表了汽车工业的哀伤，我虽没去过底特律这座城市，却从太多的文本或其他阅读中形成了基本判断，作为世界汽车工业的摇篮，底特律曾经是美国第四大城市，然而由于其单一的产业结构与经济转型能力的匮乏，已经沦为一座"破产之城"，大量白人中产阶层从城市出离，黑人成为城市居民的主体，数据上显示底特律犯罪率一度居于全美前列，甚至背负"罪恶之城"的名声，隐约想起保罗·沃克主演的美国电影《暴力街区》。

在一个阳光灿烂的午后，儿子带我们驱车前往底特律，尽管只有一个下午的时间，而且大多又是选择了步行，我们只能圈定在大底特律中心几个主要街区走走，怎么说呢，这座城市和我印象中的城市的确是两座不同的城市，这让我感到错愕的同时开始转换一个新的视角，我承认底特律近乎锈迹斑斑的沧桑经历，甚至连楼房的墙壁都呈现一种锈色，但是当我们登上文艺复兴大厦的顶层，俯瞰蓝色的底特律河对岸的温莎城堡，再回过头来眺望一眼这座曾经多么辉煌的城市，我忽然感受到她的脉动与创造的基因还在延续，我相信历史积淀的社会资本与文化资本，不会像经济指标那样易于被超越，也就是说一座伟大的城市，之所以称其伟大不是以经济作为单一评断，代表一座城市伟大支点的应该是文化的力量。

于是有了现在这个如何化腐朽为神奇的封面故事，和一个后工业化时代的文化想象主题。

何以怀旧

　　总有那种时候，突然像玩累了的孩子，想要拖着疲倦的身体回家，想要在床上什么也不想地躺上几天，然后睡到自然醒来，不是第一件事抓手机刷屏，而是回到身体与直觉的第一个意愿，比如想吃小时候过生日一定要吃的手擀面，就兴致满满地爬起来，亲自动手和面、擀面、切面，葱花用荤油炝锅，把切好的尖椒茄丁与"油梭子"蘸上土豆粉勾芡，然后倒上酱油调料之类打卤，面一定要和得生硬才能吃着筋道，吃的时候别忘倒点儿辣椒油，最好就着独头蒜一根一根地慢慢吃……吃着这顿再想着下顿，比如再包一次饺子吧，还是从和面开始，等面醒来的同时，饺子馅是一个重点工程，菜的选择左右了味道，但是肉的加工决定了饺子的地道水准，不管牛羊猪肉的馅料，一定不能买绞现成的，要买好了肉在砧板上自己剁，先切成块再剁成粒，然后剁成肉酱黏合在一起，就如同过往被切碎了的时光重又拼接糅杂在一起，无法分出哪儿是哪儿，没有什么过去现在未来，其实一切本无可分，不过是住色生心的虚妄，一切又无不可分，不过是芥子须弥的妙智，即使我们不讲分与不分，却无法摆脱无始劫以来的执念，毕竟我等多属凡夫俗子，从五蕴到五味杂陈，在味道分别定义的人间烟火里，我们一直就没离开好吃与不好吃的寻常日子。

于是我就想找回那些原味的记忆，即使我假装是一个好助手，即使把所有上等材料备齐，让年迈的老父亲亲自操刀，终是没能吃出童年那手擀面和饺子的滋味来。

被称为美国饮食文学界指路明灯的M.F.K.费雪曾经这样写道：人有三种基本的需求，即食物、安全感和爱。相信费雪女士一定谙熟马斯洛的需求层次理论，前两种基本一致，后一种一言以蔽之曰爱，初读觉得很难认同并会有不屑的念头涌动，再读则生肃然起敬的赞叹，尤其在读了她《写给牡蛎的情书》之后，我知道费雪女士是个守信的人，的确是爱与践行者，但她的伟大之处还在于透过食物可触摸的历史、城市、梦幻、情感和记忆。她告诉我们马可·波罗在印度海登上珍珠船听到的咒语，也描述了几百年前的中国海岸，少女负责潜水采珍珠，并且在苏州古老的码头市场可以购买到的菩萨形珍珠饰品，甚至还有珍珠精致的春宫物件……渐渐我才明白过来，这些文字也如同所谓人生需求一样是一种怀旧的叙事，就像E.B.怀特面对纽约时写下的经典文字：我面前有两座不同的城市，一座是眼前这座繁荣的城市，另一座是记忆中看不见的城市，我怀念这后一座城市。

前些日子在一个香港老品牌的研讨会上碰上了北京大学教

授陆地先生，不知怎么就闲扯到了历史上那些出名人美食的地方，所谓"于斯为盛"的话题，陆先生知道我是东北人，就调侃我是东北那疙瘩一块"文明的碎片"，我虽在一旁傻笑无语，却想起记忆角落里的一份美食，那时我刚上小学，寒假自然就去乡野的外婆家，外祖父常领我冒着寒风去冰河上凿冰铰鱼，透明的冰面被凿开一个井口大的窟窿，冒出一团团的白气，那些冰河下可怜的小鱼一定是以为春天来了，纷纷向富氧的冰口聚拢而来，任谁用铰鱼的网都能捞上半桶小鱼，其实小鱼一出水就冻死了，然后我们回家吃饭，饭桌上多了一大盆小鱼炸酱和一锅放了紫苏叶的小鱼汤，那滋味今生今世再无，如"广陵散"一样消逝了。

我想那些消逝之物一定有不可替代的理由，即使它们早已看似无用甚至被遗忘，却总会在不经意间发现它们以另一种方式被安放在记忆的角落，让我们在锲而不舍的同时也深感挥之不去。

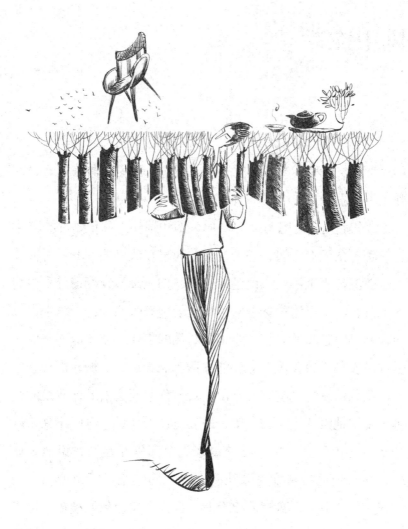

风中陀螺

"吾令羲和弭节兮，望崦嵫而勿迫，路漫漫其修远兮，吾将上下而求索"。

杨老师几乎是唱出来的，那声调和词句之间像是在空气中掘开了一条无形之河，潜吟低洄并吸附在我们的耳畔，时而高亢时而沉郁直至消散在课堂的上方，抑或绕梁直抵窗外那些树的上方，我至今记得杨老师吟唱这段楚辞时的表情，和那仿佛会在颤抖中翩飞的手势，字词与断续的旋律尽显苍凉而坚定，眼神微收却极尽深邃，好像能穿透我们身后的墙壁，而墙壁之于墙壁以远就好像有万水千山一般，你甚至会沿着他专注的眼神下意识地跟着回头扫一眼……知道诗词曲赋可以唱出来，就是从我的中学语文老师杨铁铮老先生那里开始的，说他老先生，那时他已经白发苍苍快到了退休的年纪，听说他还是老"国高"毕业的，虽然我至今对"国高"概念依旧模糊，但我明白那应该是一种相当正规的国学资质，以至别的老师一提起"国高"的，就是一脸肃然起敬的表情。听杨老师的课相当过瘾，透过表面枯燥的古文文法和生僻的古汉字，是活灵活现的传奇掌故，加上他一手娟秀飘逸的板书和批改作业考卷上遒劲的钢笔字，自然招惹同学们暗自模仿，班里有几位有心的同学甚至模仿到乱真的程度。70年代末的中学语文课本，大多都是从"文革"前老课本临时选编而成，无外乎《捕蛇者说》《爱莲者说》《岳阳楼记》等等，虽属名家名篇却在内容体量上略显单薄了许多，杨老师除了要求大家课外去熟读《古文观止》，还在讲完这些必修课程之余，总要例外选出些有趣的古文来给同学们讲，那时候语文课就变成了故事会了，于今依旧记得他讲了许多课外稗官史类杂篇，比如他讲过一个罗锅种树的故事，应该是柳宗元的《种树郭橐驼传》吧，开篇几句至今我还记得清楚：郭橐驼，不知始何名，病瘘，隆然伏行，有类橐驼者，故乡人号之驼，驼闻之曰：甚善，名我固当，因舍其名，亦自谓橐驼云。当讲到橐驼就是罗锅的时候，杨老师双手反剪倒扣在一起，低头含胸地为我们示范，课堂里立时笑作一团，等大家笑声中重归沉静，杨老师就会一脸严肃的神情，继而转身在黑板上写下八个大字：恻隐之心，人皆有之。

多年以后，有暇翻一些闲书就想起杨老师讲过的这篇《种树郭橐驼传》，始知这是一篇匠心独运的政治寓言，而且为草根宵小人物作传本就不多见，鲁迅先生在《中国小说史略》中还特意提到不断被贬斥的柳宗元书就此文是"幻设为文"并"以寓言为本"，于今重读《种树郭橐驼传》仍惊其著文之奇，不似《汉书》《史记》以帝王将相或达官显贵作传，却以一个远距京畿的乡野残障，有姓无名却不失乐观的种树匠为摹写对象，并以底之又底层的话语娓娓道出"顺木之天以致其性焉"的妙论，足以"传其事以为官戒"的同时，却也传达了一份"独怜幽草"的古道热肠，一种朴素的平民情怀。

　　前几日通过微信朋友圈加入了我的中学班群，打听到杨铁铮老师时，方才知道他早已经过世了，可能因为多年不见或者距离太遥远的缘故，听到老师的过世也似乎觉得他只是去了遥远的地方，刻在脑海深处的面容就会弹窗一样清晰地浮现在眼前，而时值这样寒冷的季节，老师应该会戴着他那件灰色的长围巾，就那么在风中头也不回地走着走着……

或许，或许，或许

　　那是我刚刚移居深圳不久，初识当时《街道》杂志的一位编外摄影师，可能因为彼此都是北方人的缘故，话就聊得很投机，从小说聊到电影，从媒体聊到城市，从白酒喝到啤酒，直到天昏地暗……后来按这哥们儿给我勾勒的线路，我第一次独自取道香港，按图索骥辗转来到旺角，穿过喧闹的西洋菜街，绕过不知多少家电器商行或服装化妆品铺面，终于找到一幢不起眼的街边老宅，循着不明显的标识找到阁楼上那家旧书店时，汗水早已顺着双腿流进了鞋里。那是一个盛夏的午后，我在那个小阁楼上足足泡了六个多小时，我被那些已褪了色且散发霉味的旧书杂志所吸引，恕我孤陋寡闻，在此之前我真没见过这么多种不同年代的书刊杂志，阁楼过道旁还堆满了已经十分破旧的日本漫画和旧海报，其中砖头厚的《文艺春秋》尤其显眼，印象中好像还有不少民国时期的小学生课本，但最吸引我的还是种类繁多的旧刊杂志，记得住的比如《滑稽画报》《独立漫画》《大华》《特写》《戏剧旬刊》《东方杂志》

《电声电影周刊》《联合画报》等多属民国时期的繁体版旧杂志，也有不算太旧的香港本埠杂志像《前哨》《号外》等等。

阁楼旧书店的主人是一位又瘦又矮的老先生，戴着酒瓶底一样厚厚的眼镜，抬头看看我之后就俯下身去不再讲话了，唯有一只肥硕的花猫在窗台的一角慵懒迷离地打量着我这位不速之客。

又隔了一段日子，等我揣着一口袋新兑换来的港币，携两位同好再窜到香港，那家阁楼上的旧书店好似不曾存在过似的消失了，代之一家地产公司的职员楼上楼下地忙碌，当我们空气一样不存在，旺角七月的天空下我们兄弟三个湮没在嘈杂的人群中，那时香港院线恰好在上演王家卫的电影《花样年华》，我们好像还是头一次在香港看电影，还碰巧邂逅了身材高大却十分优雅谦和的导演王家卫先生，他接受了我们要与他合影的请求，他微笑着戴着墨镜的样子定格在我们的单反相机里。

此后的十几年我蜗居在深圳，喝酒读书看盗版碟，把一座喧嚣的都市当作小镇一样相处，日子过得也算快活。直到有一天，一位绰号"小老爷们儿"的陈年老友破门而入，嚷嚷着让我到北京去干点儿正事儿，比如创办个杂志什么的，当时一听脑袋像天安门广场一样大，喜欢什么跟上手做是两码事儿，这些年滥竽充数当个电视人还算凑合，一大把年纪当门外汉办杂志，这事儿乍听有点儿犯晕，然而我竟二呵呵地答应下来了，其实还是心里有这块垒，好听点说算是有一份文化情结，接着我就开始在帝都招兵买马并求师访友，很快就把一拨年轻的"文艺犯"圈成了一支横竖是十的队伍，2013年的元旦《凤凰·都市》创刊号如约问世，至今这份杂志已整整跟跄地办了四年，虽心有万千不舍却还是到了跟大家说再见的时候了！

朝阳公园西门南侧有一家AlioOlio的意大利餐馆，中文是酱油与醋的意思，餐馆二楼里间是我们创刊之初经常讨论版面或接待客人的所在，前些日子午饭后散步，我不知怎么就蹀到了这里，在阁楼靠近窗子的老座位上我叫了一杯咖啡，就这么望着窗外发呆，楼下隐约有爵士乐响起，那是我熟悉的电影《花样年华》主题曲quizas, quizas, quizas, 或许，或许，或许……

餐馆的午后散淡而安静，我独自一人坐在这里，写下这些零散的文字，权作我们这份杂志最后一期的卷首语，至于感激抑或感恩的话，就留着以后再说吧……